버니와 9그룹 바다 탐험대

버니와 9그룹 바다 탐험대

한요나 장편소설

하지 말라는 일을 하는 건 문제가 아니다.
내가 열여덟이 되었다는 게 진짜 문제다.

우리 더 깊이, 더 멀리 가 보자.

차 례

제목: 산 언니에게

언니, 거기는 어때? 거기엔 정말 다른 지구가 있을 것 같아? 여기랑은 많이 달라?

열여덟이 된다는 건 이런 건지도……. 나는 아직 적응이 안 돼. 몇 달이 지났는데도 말이야. 언니도 얼마 전까지 열여덟이었잖아. 그러니까 이제야 언니가 이해되는 것 같기도 해. 언니, 나에게 말해 줄 게 많지 않았어? 그러고 보면 언니도 전혀 몰랐던 걸까?

시설은 여전해. 열여덟이 된 우리는 정신이 없고, 나머지 애들은 선생님이 시키는 대로 하고. 우리 그룹 애들도 잘 있어. 태인이랑 서윤이도 잘 지내. 이제 태인이가 우리 그룹 리더야. 서윤이는 벌써부터 우리가 바다로 떠날 때를 얘기하면서 호들갑을 떨고!

아, 언니가 가고 새로 온 애는 완전 애기야. 열다섯 살. 아직 친해지진 못했어. 내가 언니만큼 좋은 언니는 못 될 것 같아. 먼저 말도 걸고 해야 하는데 나는 여전히 낯을 가리고 거리를 둘 뿐이야.

언니, 열여덟이 된다는 건 이런 거야? 언니는 어떻게 그렇게 많은 걸

척척 해냈어? 언니 혼자 열여덟이었잖아. 나는 태인이가 같이 열여덟이 돼 주었는데도 어려운 게 많아. 무서운 건 더 많은 듯하고.

다음 세대가 살아갈 곳을 찾는다는 거, 너무 부담스럽지 않아? 언니, 겨우 몇 달이 지났을 뿐이야. 새로운 지구를 찾는 일은 몹시 중요하지만, 실은 아무도 찾지 못한 걸 우리가 찾을 수 있을까? 바다에 나갈 때마다 나는 겁이 나고 질문이 생겨. 이제야 의문이 자꾸 생겨. 너무 때늦은 질문일까?

언니, 괜찮다고 말해 줘. 언니가 괜찮다고 말해 주면 나 그럭저럭 힘내볼 수 있을 것 같아.

언니의 토깽이, 버니가

1장

사과잼과 담배

모든 일은 바다에서 시작되었다. 우리가 훈련을 받는 곳, 우리가 살아가기 위해 반드시 지켜야 하는 곳. 바다에도 우리가 갈 수 있는 한계선이 있다. 큰 깃발, 그곳을 넘어가서는 안 된다. 하지만 그 마지노선은 누가 언제 정했는지 모른다. 그냥 선생님들이 가지 말라고 하니까 가지 않을 뿐이다.

결국 그 선을 넘어가 버렸다는 게 문제지만, 나는 이대로 앞으로 쭉쭉 나아가고 싶다. 맑은 물을 더 보고 싶다. 맑은 물속의 다양한 생물을 보고 싶다. 얼마 남지 않은 생물들이 이렇게 가까이 있는데, 어째서 가지 말라고 했는지, 왜 우리는 녹조가 짙은 물 쪽에서만 사는지 모른다. 그러니 더더욱 앞으로 나아가 봐야 한다.

시설에서 하지 말라는 일을 하는 건 문제가 아니다. 내가 열여덟이 되었다는 게 진짜 문제다.

나는 어제부터 일기를 쓰기로 했다. 어제는 월요일이었고, 선생님과 상담이 있었다. 산 언니가 떠난 뒤로 내가 잘 지내고 있는지, GP선생님들이 나에게 쏟는 관심은 그것뿐이었다. 내가 하는 일에 영향을 줄까 봐 걱정하는 게 분명하다. 선생님들은 생각보다 우리를 더 연약하고 어린 존재라고 생각한다. 내년이면 열아홉이 된다. 그러면 자기들이 말하는 것처럼 더는 보호가 없다. 열여덟인 아이들에게는 꼭 말끝마다 '보호 종료'라는 말을 달고 살면서 정작 지금 자기들이 하는 일이 '보호'가 맞는지 생각하지 못한다.

우리가 만들어 먹었던 사과잼이 기억난다. 산 언니가 잼이 아니라 '쨈'이라면서 "사과쨈!" 이렇게 말하곤 했는데. 이제 사과가 나는 땅은 거의 없다. 북쪽으로 올라가야만 나오던 사과밭이 이제는 마마 지구의 인공 재배 시설이 아니면 나오지 않는 모양이다. 아예 금지 구역 위까지 올라가야 나올까 말까 한다는 이야기가 있었다. 작정하고 옮긴 농장이기 때문에 경비가 삼엄하다.

노지에서 사과를 줍는 일은 이제 없을 것이다. 내가 열다섯 살일 때, 그러니까 시설에 막 들어와서 언니의 룸메이트가 되었을 때 언니는 다양한 것을 알려 주었다. 그중 하나가 사과잼을 만드는 것이었는데, 지금 생각해 보면 내 긴장을 풀어 주려고 그 귀찮은 과정을 다 해 주었던 듯하다. 무언가에 집중하면 다른 생각이 나지 않으니까. 그리고 단것은 기분을 풀어 주니까.

아무리 많은 사람이 사라졌다지만, 식물만큼 나무만큼 많이 사라졌을까?

훔친 사과가 맛있다는 말은 다 거짓말이다. 완전히. 사과 하나를 훔쳤다가는 그대로 강제 퇴소 조치를 당할 것이다. 겨우 사과 한 알이 사라졌을 뿐인데 시설에서 퇴출이라는 것이다. 아무리 어려도 그건 마찬가지다.

이건 들은 얘기라 사실인지 아닌지는 모른다. 얼마 전에도 아무것도 모르는 열 살짜리 애가 그 높은 농장 근처에 올라가서 떨어진 사과 한 알을 주워 왔는데, 10대 구치소로 바로 잡혀 들어갔다는 이야기가 있었다. 열 살이면 겨우 보육원에 있을 나이인데 말이다.

그런 걸 돈 주고 사 먹는 사람들은 도대체 무슨 일을 하며 살길래 그런 돈이 있는 걸까?

여기는 매일매일 계산법이 바뀐다. 산 언니랑 같이 담배를 사러 갈 때 필요했던 동전으로는 이제 담배를 살 수 없다. 언니가 이곳을 떠난 지 겨우 석 달밖에 되지 않았는데 말이다. 450원에서 4,500원이 되었으니까. 0을 하나 더 붙였을 뿐인데, 우리

수명에서 0을 떼어 준 듯한 기분이었다.

담배만 그런 것이 아니다. 그에 비해 우리가 받을 수 있는 돈은 얼마씩 더 줄어들었다. 공동체는 점점 어려워지는 것 같은데, 선생님들은 티를 내지 않는다.

나는 지구 공동설을 믿는 공동체에서 자라고 있다. 지금은 10대 보호 시설에 있고, 열여덟 살이다. 우리는 성인이 되면 각자 소속을 배치받아 지구 공동설을 확인하러 떠나야 한다. 어디엔가 구멍이 있을 것이라는 이론. 지구 안에 또 다른 지구가 있을 것이라는 이론. 어디에서 시작됐는지는 모르지만 어쨌든 우리는 그 세계를 찾기 위해 배우고, 산다.

시설에 남아 GP선생님을 하거나 관리자가 되는 아이들도 있지만, 대부분은 지하나 바다나 동굴 등지로 떠나야 한다. 거기서 아는 사람들을 다시 만날 수도 있겠지만, 전혀 아닐 수도 있다. 사실 우리는 아직 그 세계에 가 본 적이 없으니까 말이다.

우리는 지금도 노동을 하고 있다. 그게 제일 아이러니하게 느껴진다. 일을 하는 법을 배우기 위해서 일을 하고 있는 것이다. 그런데 선생님들은 더는 일할 곳이 없다고 한다. 그 말이 뭔지 아직은 잘 모르겠다. 어쨌든 일할 수 있는 곳이 점점 줄어드니까 우리가 받을 수 있는 돈도 줄어든다는 사실만 분명하다.

차라리 어디서 사과씨 하나를 훔쳐서 나무를 키우는 편이

빠를 것 같다. 그런데 농사지을 만한 기름진 땅이 없으니, 멍청한 짓을 하고 구치소에 가고 말겠지.

언니랑 했던 모든 쉬운 일들이 이제는 쉽지 않다. 그래서 언니가 주고 간 것들이 무척 소중하다. 점점 더 소중해진다.

만화책, 빵 레시피, 닭 날개를 다치지 않게 잡는 법, 계란을 훔치는 방법, 작은 재떨이와 하얀 컵, 아직도 잘 굴러가는 네발 의자, 언니가 꿰매 준 검은색 가방. (지금은 언니가 꿰매 준 실밥도 벌어지고 있어서 그 위에 분홍색 패치를 붙였다. 분홍색이었던 천도 어느새 낡아 회색이 되어 가고 있다.) 내 방을 둘러보면 언니가 놓고 간 것이 참 많다. 놓고 갈 수밖에 없었지만, 정말 필요했다면 챙겨 가지 않았을까? 그러니까 언니가 나한테 주고 갔다고 생각한다.

지금 만화책은 새로운 룸메이트가 자주 꺼내 읽는다. 나는 자주 보지 않는다. 울컥하는 느낌이 싫다. (울컥하는 이유는 잘 모르겠다. 단순히 언니 생각이 나서만은 아닌 것 같고, 만화책 종이에서 나는 냄새가 괜히 그렇다. 그런데 또 이상하게 만화책을 펼치면 거기에 얼굴을 묻고 꼭 냄새를 맡는다.) 약해 보이는 게 싫은지, 그냥 몸이 느끼는 울렁이는 감각이 싫은지는 모르겠다. 그냥 나는 우는 걸 싫어한다.

언니가 언제나 그러듯 그냥 있으면 된다고 해 주면 좋겠다.

나는 그냥 고집불통으로 있어도 된다고 해 주면 좋겠다.

　지금 파트너하고는 아직까진 잘 맞지 않는 듯하다. 무엇보다도 너무 재미가 없다. 어린 친구가 온대서 산 언니가 나에게 한 것처럼 정말 좋은 언니가 되어 주고 싶었는데. 완전 실패다. 언니랑은 모든 게 즐거웠는데, 언니는 어땠을까? 두 살 차이였지만, 언니는 나를 데리고 다니면서 언니 역할을 해야 하는 게 버겁지는 않았나? 조금이지만 나이를 먹었다고, 언니 마음을 좀 더 알 것 같다. 언니한테 조금씩 가까워지고 있다고 생각하면 좋다. 그렇지만 내가 떠난 후의 이곳 모습은 상상이 되지 않는다. 내가 무엇으로도 기억되지 않겠지. 하지만 내 기억 속에서 시설은 어떻게 기억될지 궁금하다.

　산 언니가 없는 이곳 생활은 너무 따분하다. 더는 멋진 옷도 없다. 옷장에 걸려 있던 언니의 멋지고 재미난 옷들이 이젠 없다. 언니가 여기에 없다는 걸 초라한 옷장이 증명한다.

　나랑 같이 자는 새로운 룸메이트는 이름이 햇님이다. 내 이름은 버니. 처음에 햇님이를 만났을 때, 이름 때문에 보육원에서 얼마나 괴롭힘을 당했을지 상상이 됐다. 그래서 금세 말을 붙일 수 있었다. 그러나 햇님이는 나보다 어린데도 조금 어두운 구석이 있고, 말이 없다. 사실 어린 것과 말이 없는 건 상관이 없지만.

지금 방에는 나 혼자 있다. 의자에 기대 몸을 쭈욱 늘였다가 하품을 했다. 의자를 돌려 햇님이의 침대와 내 침대를 번갈아 바라보았다. 햇님이는 로봇처럼 무엇이든 척척이다. 척척이라는 건 일을 척척 해낸다는 뜻이기도 하지만, 예를 들면 이런 척척도 있다. 아침에 일어나면 일과를 시작하기 전에 이불을 쫙 펴서 주름 하나 없게 펴 놓는다든지, 건조실에서 알람이 오면 바로 자리에서 일어나 빨래를 가져온다든가. 그런 식으로 척척 움직인다는 뜻이다.

나는 요즘 집에 관해 생각한다. 우울한 건지 울적한 건지 알 수 없는 햇님이의 표정을 보면 더 그런 생각이 난다. 더. 쟤는 어디서 뭘 하다 온 애인지 모르겠다. 꼭 이 세계에는 없던 애 같다. 아무도 예상할 수 없는, 그러나 이상하게 재미가 없는 애다. 재미는 없지만, 그렇다고 나쁜 쪽으로 이상한 애는 아니어서 그럭저럭 잘 지내고 있다. 마음에 안 들거나 그런 것도 아니다. 그냥 시간이 걸릴 뿐이다.

햇님이도 내가 낯설거나 어색할까?

아, 햇님이는 지금 운동하러 갔는데, 언제 돌아오려나. 이번에 체육관에 러닝 머신이 들어왔다. 대장님이 어디서 주워 왔다. 그런데 속도 줄이는 버튼이 작동하지 않아서 별로 쓰는 사람이 없다. 그런데도 햇님이는 매일, 똑같은 속도로 그 위를 달린다.

미친 듯이 달리는 모습까진 아니지만, 꼭 도망치는 연습을 하는 것 같아서 웃기다. 그런 건 불가능하다.

더 황당한 건 땀을 뻘뻘 흘리고 돌아오는데도 땀 냄새가 거의 나지 않는다는 거다. 그만큼 어리다는 뜻일까. 그래도 열다섯이면 내가 산 언니를 만났을 때인데, 나도 그때 아기 같은 면이 있었을까.

땀 냄새가 안 나는 건 좋은 건가? 아무튼 이상하다. 산 언니랑 나는 일을 하고 돌아와서 더럽다고, 냄새난다고 놀리기도 했는데. 넌 왜 땀 냄새가 안 나? 물어보면 이상하겠지?

언니에게 비디오 메일을 보내려고 컴퓨터를 켰다가 아차한다. 거긴 메일 읽기도 어려운 곳이라고 했다. 아직은 모니터 너머의 언니에게 말하는 게 어색하긴 하다. 그래도 언니가 있다고 생각하면 좋으니까 언젠가 시도해 볼 것이다.

내가 있는 겉껍질에는 특별한 일이 없다. 그저 담뱃값이 올라서 짜증이 느는 것 말고는 예전과 같다. 언니가 있을 때랑 달라진 건, 음…… 내 방에 같이 사는 애다. 햇님. 어두운 곳을 좋아하는 아이. 이름처럼 어두운 곳을 밝힐 만한 애도 아니다. 그러나 때로는 이름이라도 저렇게 지어서 그나마 움직일 수 있는 힘이 나오는 게 아닐까 싶기도 하다.

그런데 우리 이름은 누가 짓는 걸까? 우리는 어디서 태어났는지, 어디서 왔는지도 모른다. 기억이 없으니까. 그러니 이름인 들 어떻게 알까.

그래도 나는 안전하고, 구제받았다는 생각을 한다. 환영받 았는지는 모르겠지만, 내가 편안하니까 그걸로 됐다. 사람들은 절대 남에게 관심이 없으니까. 나는 단정한다. 내 단정이 잘못됐 다고 해도 괜찮다. 내가 믿는 것은 내 믿음이니까.

사람들은 절대 남에게 관심이 없다. 사람들이 남에게 관심 을 기울일 때는 자신과 비교하기 위해서다. 내가 얼마나 나은지, 얼마나 안 좋은지 확인하기 위해 남이 필요한 거다. 그건 남에게 관심 있는 게 아니다.

그런데 언니는 나한테 관심을 줬다. 나도 언니에게 관심이 있었고, 그게 잘못된 일은 아니다. 하지만 우리는 단순히 그런 이유로 어디서도 튀는 애들이 되었다.

언니가 떠난 뒤로 4그룹 애들은 나를 더는 건드리지 않는 다. 물론 언니와 함께 떠난 멤버도 있었지만 새로 들어온 아이 는 괜찮은 듯하다. 어쨌든…… 남아 있는 애들은 이제 직접적으 로 나를 건드리지 않는다. 이제는 내가 꼴 보기 싫다고 생각하 지 않는 건지, 내가 그런 모습을 보이지 않는 건지는 모르겠다. 뭐, 어쩌면 그 애들이 정말로 나쁜 짓을 그만두기로 마음먹었는 지는 모르겠지만.

걔들이야말로 남한테 더럽게 관심이 많은 애들이다. 진짜 웃기는 애들이다.

산 언니에게서 메일이 왔다! 딱 4월의 마지막 날이었다. 4월 30일! 언니가 직접 여기에 왔다 갔으면 더 좋았을 텐데. 하지만 언니가 왔다 갔다면 언니가 없어져서 느낄 허전함이 더 크고 무섭고 그랬을 것 같다.

화면을 멈춰 놓고 햇님이에게 언니를 보여 줬다. 네가 오기 전에 여기 있던 언니야. 햇님이는 언니가 마음에 든다고 했다. 나랑 전혀 다른 언니라는 것도 알겠다고 했다. 그러고는 웃었다. 열다섯 살짜리가 뭘 안다고! 하지만 웃는 모습이 낯설어서 나도 따라 큭큭 웃었다.

햇님이 말을 듣고 문득 어릴 때가 생각났다. 내가 언니를 만난 게 딱 지금 햇님이 나이였으니까. 그때도 나는 뜨거운 차를 좋아했고, 언니는 차를 마시는 나를 볼 때마다 푸하 하고 어이없어하며 웃었다. "애가 차를 마시네." 하고 꼭 잔소리 같은 말을 덧붙였다. 공기가 나쁘니까 목을 보호하려면 차가 좋다고 어른들이 잔소리를 해도, 애들은 뜨거운 음료를 잘 안 마셨으니까.

나는 여전히 차를 좋아한다. 차를 마실 때만 차분해진다.

표정이 풀어지는 게 나도 느껴진다. 사람들에게 까칠한 인상을 줄 때가 많은데, 그건 내 얼굴 근육이 둔해서다. 사람들에게 차를 마시는 모습을 보여 주고 싶다. 그러나 사람들 앞에서 차를 마시는 것과 나 혼자 마시는 건 다를 것이다. 어색한 표정을 짓고 차를 홀짝거리다 입천장을 델 수도 있다.

나는 머리카락이 제법 많이 길었다. 단발이라고 해야 할까, 중발이라고 해야 할까. 장발이라고 하기에는 애매한 길이다. 이런 머리는 뭐라고 하는 게 좋을까.

방금 씻고 나와서 젖은 머리카락을 만지고 있다. 대충 말리고 또 머리를 묶어야겠다.

요즘 나는 양 갈래로 묶는 걸 좋아한다. 하나로 묶으면 아무리 아래로 내려 묶어도 짧은 머리카락들이 삐져나온다. 결국엔 어정쩡한 반 묶음이 된다. 그래서 양쪽으로 나눠서 아래쪽으로 묶는다.

내 짧고 차분한 머리 때문에 인상이 더 차가워 보이는 걸 수도 있다고, 우리 그룹 애들이 얘기한 적이 있다. 언니도 그랬다. 내가 얼마나 웃기는 또라이인지 아무도 모른다고. 그건 정말 언니만 나를 안다는 말이었기 때문에 기분이 좋았다. 어쨌든 이제는 제법 길어진 머리 때문에 내 인상이 부드러워 보였으면 좋겠다고 생각했다.

그러나 요즘엔 더 새침한 느낌이 있다고 한다. 그게 머리를 양 갈래로 묶어서라는데, 도대체 무슨 말인지 모르겠다. 나는 아무래도 사람들 말을 잘 알아듣지 못하는 것 같다. 귀로는 잘 들리는데, 머리로는 도통 이해가 안 된다. 혹시 어디가 잘못됐거나 모자란 건 아닐까?

언니가 지금 여기 있었다면 고개를 끄덕이고 푸하하 웃었을 것이다. 옆에 있었으면 끄덕끄덕하면서 "그걸 이제 알았어?" 했을 것이다.

언니가 있는 곳은 지하다. 언니가 선택한 것은 지하 탐험대다. 지하, 거기에서는 커피를 마실 수 있다던데, 진짜일까? 여기서는 커피콩을 어쩌다 한 번 볼까 말까다. 그래도 가끔 누가 인스턴트커피를 구해 온다. 나는 커피콩은 무슨! 인스턴트커피 한 캔조차 발견한 적이 없다. 유난히 그런 걸 잘 찾는 애들이 있나 보다. 내가 뜨거운 걸 잘 먹는 것처럼. 아, 이건 비교가 잘못됐나?

내가 잘하는 게 뭐가 있을까?

내가 있어야 할 곳은 어디일까? 보호 종료까지 이제 겨우 반년 정도 남았다.

예전에는 무조건 언니가 있는 지하로 가야겠다고 생각했

는데, 과연 내가 그 열기를 견딜 수 있을까 생각하면 겁이 난다. 아무래도 동굴 쪽이 맞을 것 같다고도 생각한다. 난 어두운 것도 추운 것도 잘 견디니까. 무엇보다도 막힌 벽이 나타났을 때 절망하지 않을 거다. 아마도.

그럼 동굴 탐험대로 가면 될까? 그렇게 간단히 정할 수 있는 일이 아닌 것 같다. 언니는 왜 거기로 갔을까? 그 뜨거운 지하 속으로 들어간 이유가 있을 텐데. 맞다. 언니는 유독 추위에 약했다. 그리고 수영을 잘 못 했다. 그래서 바다 탐험대로 가기가 어려웠을 것이다. 선택할 수 있는 길은 세 개뿐. 언니가 지하를 선택한 이유는 그것뿐일까? 그건 아니겠지.

언니가 없는 곳에서 내가 긴 시간을 버틸 수 있을까? 지금도 언니가 없는 여기가 몹시 재미없는데, 햇님이나 다른 그룹 애들이랑 친해질 수 있을까? 잘 모르겠다.

어쩌면 그런 이유 때문에 언니가 있는 곳으로 갈지도 모른다. 내가 언니를 만나러 갈지도 모른다. 해맑게 웃으면서 "언니, 나도 내가 이렇게 뜨거운 데 올 줄 몰랐어." 하고 언니 앞에 나타날지도 모른다.

우리 공동체는 지구의 겉껍질뿐만 아니라 지구 속 어딘가에 우리가 살 수 있을 만한 또 다른 지구가 있을 것이라 믿고 있다. 지구 공동설을 믿는 공동체에서 자란 나는 그냥 믿는다. 믿어 왔다. 의심해서 나한테 좋을 게 없으니까. 이 생활을 버티는 데 믿음이라는 건 필수적이다. 믿지 않아도 믿는다고 하면 된다. 언니도 그런 마음으로 있는지 모르겠다. 속껍질을 향해 직접 들어가는 지하 탐험대는 공동체의 핵심일 수도 있다. 그래서 산 언니는 지하로 떠난 걸까?

열아홉이 되면 이곳을 떠나야 한다. 일명 '보호 종료'가 되어서 각자가 지낼 곳을 선택하고, 테스트를 받아야 한다. 최종적으로 스무 살이 되면 지하 탐험대, 동굴 탐험대 그리고 마지막으로 바다 탐험대에 배치된다. 우리는 새로운 땅을 찾아야 하기 때문이다. 열다섯 살부터 성장 시설에서 배우는 건 그때를 대비한 지식과 기술이다. 나는 여기에 와서 수영을 배웠는데, 생각보다 재능이 있다. 그래서 가끔 바다나 강 바깥으로 투입되기도 한다. 그런 애들이 9그룹이 되었다. 햇님이는 이미 수영을 할 줄 안다고 했다. 아마 그래서 바로 우리 그룹에 들어온 듯하다.

대부분은 지하 탐험대와 동굴 탐험대 중 하나에 소속된다. 그리고 소수의 사람들이 바다로 떠난다. 새로운 땅을 찾아서, 새로운 땅의 입구를 찾아서. 바다는 얼마 되지 않는 지역이고, 생존하려면 좀 더 많은 기술이 필요하기 때문에 소수 인원만 파견된다.

물론 겉껍질에 남는 사람들도 있다. 시설에 남아서 아이들의 성장을 담당하는 GP선생님이나 교육자로 일한다. 공동체 관리자 계급과 경비 팀도 있다. 그들은 다양한 나이대의 사람들로 구성되었지만 역시 대체로 20대 노동자가 많다.

우리가 생활하는 구역 외에는 어떤 세계가 있는지 모른다. 그러니까 나는 아직도 어른들이 말하는 지구 공동설이니 뭐니 하는 것을 백 퍼센트 믿기가 어렵다. 하지만 그 땅을 찾기 위해 수영을 배우고, 폭발물 제조 수업을 듣고 그런다. 다른 애들은 어떤 생각을 하는지 모르겠다. 은근히 금기시하는 것. 우리는 그걸 '설'이라고 한다.

예를 들면

"3그룹 애들이 '설' 얘기를 하는 걸 들었어. 지하 탐험대가 이번에 무슨 통로를 찾았다더라."

"그거 다 뻥이야."

"왜? 진짜일 수도 있잖아."

"한 번도 성공한 적이 없으니까 자꾸 투입되기만 하고, 이동이 없잖아."

"그런가?"

"왜 우리가 계속 겉껍질에 있는데? 뭐라도 있으면 스무 살이고 뭐고 나이와 상관없이 이주해야 하는 거 아니냐고. 단 몇 명이라도 말이야."

"어리니까 보호하려는 거겠지. 확인되지 않은 땅에 미성년자를 보낼 수는 없잖아."

"미성년자 같은 소리 하네. 한 살 차이? 아니지. 한 달 차이일 수도 있는 거야. 미성년이랑 성인의 차이 말이야. 그냥 다 '설' 때문이야."

이런 식이다.

어제까지 2분기 시험 기간이었다. 정말 끔찍했는데. 결과가 어떻게 나오든 안전한 정도만 되면 좋겠다. 억지로 아무 데나 끌려가고 싶지 않다. 그래도 시험 기간을 지나면서 햇님이랑 제법 친해졌다. 재미없고 차갑다고만 생각했는데, 그냥 귀여운 동생 같기도 하다. 조용하지만 표정이 풍부한 편이었다. 적어도 나보다는 말이다.

그래서 왠지 솔직하게 말할 수 있었을까.

"햇님아!"

"깜짝이야. 뭐예요."

"나 너랑 좀 친해지고 싶어."

"에?"

"우리 같이 지낸 지 석 달이 넘었는데, 좀⋯⋯."

"왜요? 아직도 어색해요?"

"어. 딱 그거다."

"갑자기?"

"응. 갑자기라도 말해야 했어."

햇님이가 품 하고 웃음을 터뜨렸다. 그러고는 금세 수줍게 웃으며 조용히 말했다.

"언니 좀 귀여운 거 알아요?"

"아, 뭐야. 사람 민망하게."

"갑자기 말하는 거요. 작정하고 말하는 게 눈에 보여서 너무 귀여워요."

"쪼그만 게 못 하는 말이 없네. 야, 친하게 지내자는 게 뭐!"

"푸흐흐흐."

"그냥 말 편하게 해. 언제까지 존댓말이야."

"이상하게 이게 편해요. 언니가 불편해서 그러는 게 아니…… 푸흐흐."

"아, 그만 웃으라고!"

그렇게 햇님이와 이야기를 시작했고, 밤새 보육원 얘기를 했다. 기분이 좋았다.

얼마 전에는 상담이 있었다. 이번에 상담한 내용은 4그룹 아이들에 관한 것이었다.

"요즘에는 명원이나 다른 애들이 안 괴롭히니?"

"4그룹 애들이요?"

"뭐, 꼭 걔네가 아니더라도. 무슨 일이 있진 않니?"

"없어요."

"진짜로?"

"네."

"그럼 지낼 만하니? 요즘 특별한 일은 없고?"

"네."

아뇨. 산 언니가 시설을 떠난 뒤부터 많은 게 바뀌었어요. 4그룹 애들은 너무 아무렇지 않게 행동해요. 나한테 한 번도 관심을 둔 적 없었던 것처럼요. 진짜 웃기지 않아요? 아, 물론 잘해 주는 것도 잘 지내는 것도 아니에요. 어차피 다른 애들은 우리 그룹 자체를 무시하잖아요. 그런 거 말고, 특별히? 글쎄, 햇님이랑 친해졌다는 거 정도요? 그런데 그런 건 안 궁금하죠?

하고 싶은 말이 있었지만, 하지 않았다. 솔직히 관심이 있어서 부른 건 아니었고, 그냥 사건이 커지고 있지는 않은지 파악하려는 눈치였다. 골치 아프니까. 하지만 나처럼 눈치가 빠른 것도 골치가 아프다. 자기들이 마음 편하고 싶으니까 적당히 묻고 적당히 답해 주길 바랐겠지. 진짜 짜증 났다. 하고 싶은 말이 많았는데, 오히려 말문이 턱 막혔다.

나와 산 언니를 괴롭힌 애들은 4그룹인데, 긴 머리카락의 체리가 대장 격이다. 그런데 요즘에는 체리도 명원이도 나를 차갑게 지나칠 뿐이었다. 애초부터 아무 관심이 없었다는 듯이. 처음에는 그게 너무 화가 났고, 지금은 그게 아주 편해졌다.

우리 그룹은 9그룹이다. 까만 머리의 태인이, 귀여운 애교쟁이 서윤이, 나와 함께 생활하는 햇님이 그리고 나 버니로 이루어져 있다. 태인이와 나는 열여덟이고, 서윤이는 열일곱 살이다. 열다섯 살 햇님이는 이제 막 그룹에 들어왔고, 햇님이가 오기 전에는 산 언니가 함께했었다. 산 언니는 열아홉이 되자마자 지하 탐험대를 선택했다. 1년 동안은 성장 시설에서 지내며 테스트를 받았다. 언니도 계속 고민하고 쉽게 결정내리지 못하는 것 같았다. 결국 몇 달 전 언니는 뜨겁고 뜨거운 핵을 향해 들어가기로 했다. 언니가 가장 자신 있는 일이기도 했고, 가장 어려운 일이라고 생각했기 때문이라고, 나는 또다시 추측할 뿐이다.

어쨌든 GP선생님들은 좋은 사람들이지만, 동시에 차가운 사람들이라고 생각한다. 아이들을 돌보기 위해 맨 먼저 갖춰야 할 자질은 따뜻함이라고 생각했는데, 그게 아닌 듯하다. 적어도 이 공동체 안에서 우선시하는 것은 힘인 것 같다. 산 언니랑 동갑인 라우드 오빠가 이번에 GP선생님으로 채용된 걸 보면 그렇다. 아이들을 얼마나 잘 통제하고, 적당한 완력으로 얼마나 잘

다룰 수 있는가. 물론 여기엔 폭행이 없다. 단지 벌점 제도가 있고, 노동이 더해질 뿐이다. 그게 체벌과 뭐가 다를까.

나는 아이들은 아이들답게 사고를 치고 놀아도 된다고 생각한다. 산 언니는 내가 선생님들보다 더 성숙한 거라며 칭찬해 주곤 했다. 아이들이 노동 시간 추가 처분을 받거나 심한 경우 구치소에 가게 되면, 나는 누구보다 성질이 나서 발을 쿵쿵거리며 돌아다녔다. 그걸 알아챈 사람도 언니뿐인 것 같다. G선생님도 P선생님들도 그런 나에게 뭐라고 하진 않았다. 적당한 반항심은 용납되는 모양이다.

그 정도면 되는 걸까? 나는 자꾸 질문만 많아진다. 열다섯 살 햇님이보다 더 말이다.

햇님이는 이제 노동에 막 투입된 열다섯 살짜리치고는 손이 빠르다. 우리 공동체에서는 열다섯 살이 되면 보육원에서 성장 시설로 옮겨 생활하게 된다. 성장 시설에서는 스무 살이 되기 전까지 익혀야 할 기술과 기초 교과목을 배운다. 대부분 수학, 물리, 기술 같은 과목이다. 더 재밌는 과목은 없다. 그리고 노동 시간이 있다.

우리는 노동을 한다.

노동은 먹고살기 위해서, 살아남기 위해서 반드시 필요한 일임을 안다. 그건 우리가 직접 겪으며 살아왔기 때문이고, 시설에서 끊임없이 방송을 하기 때문이다. 움직여야 먹고살 수 있다! 뭐 대충 그런 얘기다. 담배도 술도 자유이지만, 사실상 열여덟 살이 되기 전까진 금지다. 걸리면 GP선생님들과 어떤 면담을 할지 상상도 되지 않는다. 어디로 보내지는 건 아닐까. 사실 잘 모른다.

나는 작년부터 담배를 피우기 시작했고, 술은 입에 대지도 않는다. 술을 마신 언니 오빠들을 보니, 술에서 깰 때면 대부분 물을 찾는다. 그리고 허기를 호소한다. 그럴 거면 왜 마시는지 모르겠다. 물도 구하기 어려운 세상에서 술이라니. 그런 건 구한다해도 먹어 보고 싶지 않다. 산 언니도 그랬다. 언니는 지금도 술을 마시지 않을 것이다. 지하에서는 구하기 더 어려울지도, 구하기 더 쉬울지도 모르지만. 중요한 건 물이다.

오늘은 오전에만 수업을 듣고, 오후에는 실습을 했다. 실습이라는 건 각자의 특기를 살려 훈련하는 걸 말한다. 해가 점점 길어지는 때라 다른 그룹 아이들은 오후에도 이론 수업을 듣거나 실내 노동을 한다. 그렇지만 우리 9그룹과 10그룹은 수중 활동 특기 그룹이라서 늘 밖으로, 그것도 안 되면 훈련장으로 나가야 한다. 그게 곧 노동이기도 하지만, 물에 둥둥 떠 있는 기분은 정말 자유롭다. 그렇다고 해서 실습이니 훈련이니 하는 게 휴식이 되지는 못했다.

시설 바깥의 바닷가는 전부 녹조와 균류가 가득하기 때문에 특수한 슈트를 입고, 뜨거운 물에 뛰어들어야 한다. 우리는 물속에서 얼마나 잘 움직이는지, 얼마나 괜찮은 식량을 가져오는지를 중요하게 여긴다.

우리가 돌아다닐 수 있는 바다의 범위는 깃발로 표시되어 있다. 가장 큰 깃발이 마지막 한계점이고, 작은 깃발들은 반드시 확인해야 하는 배수관이나 시설물의 위치다.

깃발의 움직임을 보니 오늘은 바람이 많이 불지 않는 것 같았다. 곧 바다가 끓는 시기가 올 텐데 그러기 전에는 당연하다는 듯이 바다가 고요해졌다. 그래서 이맘때를 좋아했지만, 금세 불안해지기도 했다. 끓는 바다에 뛰어들려면 용기가 필요하기 때문이다. 맑은 날씨와 부드러운 바람이 "이 뒤에는 끓는 바다가 올 예정입니다. 주의하시기 바랍니다." 말하는 것 같았다.

장비를 다 챙겼는지 확인하는 속도는 태인이가 가장 빠르다. 다음은 햇님이다. 햇님이는 생각보다 빨리 이 생활에 적응했고, 나는 이 아이에게 적응하는 게 제일 어려운 과제 같다. 항상 내 예상을 비껴가는 아이이기 때문에. 요즘 햇님이를 보면서 가장 많이 드는 생각은 '어둡다'고 느꼈던 게 실은 '조용하다'에 불과한 게 아니었을까 하는 것이다. 내가 햇님이를 오해하고 있었다는 게 괜히 쪽팔렸다.

언제나 그러듯 태인이가 맨 먼저 까만 바닷속으로 뛰어들었다. 서윤이는 움찔거리다가 내 손짓에 뛰어들었다. 서윤이는 수영은 잘하지만 잠수는 싫어한다. 더러운 물속으로 들어갔다가 무엇을 먹게 될지 모르는 게 싫다고 했다. 병에 걸릴까 봐 무섭다는 말은 하지 않았다. 우리가 뛰어드는 바다나 강에는 피부병에 걸리기 쉬운 물질이 가득하다. 우리는 공동체에서 나눠 준 특수 슈트를 입고 들어간다. 그렇지만 입은 언제나 벌어지기 쉬운 구멍이다. 정말로 다른 그룹 애들보다 우리는 병에 걸릴 확률이 높다.

구멍으로는 무엇이든 들어오고, 나간다.

서윤이는 그런 감각을 무서워하는 듯하다. 햇님이는 별다른 반응을 보이지 않아서 몰랐는데, 밤새 대화하던 날, 햇님이도 서윤이와 비슷한 불안감을 안고 있다는 사실을 알았다. 하지만 태인이 다음은 언제나 햇님이었다. 그리고 나, 다음엔 서윤이가 억지로 물속으로 들어갔다. 우리는 서로가 보이지 않는 물속에서 부유물을 헤치고 앞으로 나아간다. 서로 거리를 적당히 유지하고 있다는 믿음을 품고, 서로의 발에 묶인 줄을 믿고. 우리 앞에 무엇이 있을지는 아무도 모르기 때문에 우리는 우리가 가르는 물살의 힘에 집중한다.

수영을 처음 배웠을 때가 생각난다. 나는 힘이 세지도 않고, 손이 빠르지도 않고, 그렇다고 머리가 좋은 편도 아니어서 열다섯의 첫 분기를 소속 없이 보냈다. 그때 수영 수업에 참여하게 되었다. 9그룹 G선생님의 권유였다. 사람은 누구나 잘하는 게 있다고. 못하는 게 많아도 괜찮으니, 잘하는 것 하나만 찾아보라고. 나는 그 말에 안도할 수 없었다. 정말 단 하나라도 잘하는 것이 있으면 다행이지만, 아니라면? 만약 나는 아무것도 잘하지 못하고, 뭐든 '적당히'에 그치는 애라면? 그땐 G선생님도 나를 포기하지 않을까? 더 두려워졌던 것 같다.

GP는 성장 파트너를 줄인 말로, 그룹의 리더 격인 G선생님 한 명과 P선생님 세 명이 한 팀이다. 그룹 아이들이 네 명씩인 것처럼 선생님도 네 명씩. G선생님은 보통 40대가 맡고, P선생님에는 20대 남녀 선생님이 적당히 섞여 있다. 대체로 남자 선생님이 더 많은데, 그건 우리를 통제하기 위해서일 거라고 태인이가 말했다.

수영 훈련에서 산 언니와 태인이를 만났다. 수영 수업을 듣는 학생들은 모두 합쳐서 20명이 넘지 않았다. 대부분이 9그룹과 10그룹 멤버였고, 몇몇은 나처럼 거처를 정하지 못한 어중이떠중이였다.

혹독한 훈련이었다고 기억한다. 내가 따라가서 살아남았을 뿐, 많은 아이들이 후드득 떨어져 나갔다. 도미노가 쓰러지는 것 같았다. 그중 하나가 내가 될까 봐 겁을 먹었던 것도 맞다. 다행인지 불행인지 나는 그 수업에서 살아남았고, 9그룹에 배정되었다. 마지막까지 그 자리를 놓고 싸웠던 게 명원이었다. 그래서 4그룹에 배치된 명원이가 나를 싫어하는 거라고 생각했다. 시기는 미움의 가장 쉬운 방법 중 하나다. 가장 풀기 어려운 미움이기도 하다. 그래서 명원이가 날 싫어하는 건 어느 정도 이해할 수 있다. 다른 애들은 왜 그러는지 도통 모르겠다.

보내는 사람: 버니(hoppinbunny@insideearth.cap)

받는 사람: 산(sanissan@insideearth.cap)

- -

제목: 언니에게

언니 메일을 받고 얼마나 신났는지! 고마워. 덕분에 며칠간 기분이 좋았어. 거기는 메일도 확인하기 어렵다며. 선생님들이 알려 주셨어.

언니, 언니가 떠난 뒤로 4그룹 애들의 괴롭힘이 줄어들었어. 진짜 이상하지? 우리 둘이 붙어 다닌 게 그렇게 이상한 일이었을까? 나는 몰랐는데, 10그룹 애들한테 듣기로는 우리가 사귀는 사이라고 다른 그룹 애들한테도 소문을 내고 다녔대. 언니는 알고 있었어? 나는 그냥 내가 싫어서 나만 괴롭히는 줄 알았는데……. 어째서 그런 식으로까지 이상한 짓을 할까?

얼마 전에 GP선생님들과 상담이 있었어. 진짜 나한테 관심 있는 것도 아니면서 자꾸 불러내 이것저것 물어보더라. 언니랑 내 관계도 물어보면서 4그룹 아이들 이야기는 쏙 빼놨어. 근본적인 문제는 해결할 생각이 없는 거야. 4그룹 애들은 안 부르고 나만 부른 것부터 이상하잖아. 불공평해.

맞다! 언니 그거 알아? 라우드 오빠가 P선생님이 됐어. 언니는 알고 있었어? 나는 진짜 깜짝 놀랐다니까! 오빠 수영 실력이야 뭐, 10그룹 출신이니까 당연히 알고 있었지만. 기술이 다가 아니잖아! 선생님이 된다는 건 아이들을 가르치고 키운다는 건데! 그런 인간이 선생님이라니.

애들이랑 권력 놀이나 할 줄 아는 인간이라고 생각했는데, 그런 인간이 선생님이 됐어. 그것도 하필이면 왜 우리 그룹을 담당하냐고. 으, 정말 치가 떨려! 4그룹 애들만큼이나 싫어. 하지만…… 이제 언니가 없어서일까? 화를 내고 싶진 않아. 혼자 생각하고 말 뿐이야.

언니, 나는 마마 지구로 교역을 다니는 선형이가 늘 부러웠어. 동시에 신기하기도 했지. 무섭지도 않나? 정말 휘황찬란 멋지기만 한 곳일까? 그리고 항상 궁금했어. 거기엔 맑은 강도 흐르고 있을까? 그쪽 바다는 맑아서, 너무너무 맑아서 빛나고 있을까?

그런데 언니, 내가 직접 보고 왔어.
이 얘기는 메일에 적을 수 없을 것 같아.
아, 직접 얼굴을 보고 이야기할 수 있으면 좋을 텐데!

지하에서는 무슨 일이 있는지 알려 줘. 알려 줄 수 없다면 괜찮아. 그냥 언니가 잘 있다는 한 줄이어도 충분해. 언니가 건강하고 안전했으면 좋겠어.

언니의 토깽이, 버니가

2장

마마 지구

교역을 위해 한동안 마마 지구에 파견되었던 선형이가 돌아왔다. 선형이는 똑똑한 아이들만 들어갈 수 있는 8그룹 소속이다. 1~4그룹에 힘이 세거나 몸이 재빠른 아이들, 그러니까 운동 능력이 뛰어난 아이들이 소속되어 있다면 5~7그룹에는 손이 빠르거나 야무진 아이들이 소속되어 있다. 뭘 뚝딱뚝딱 만들어 내거나 조립을 잘하는 친구들도 여기에 속해 있다. 그리고 내가 소속된 9~10그룹은 수중 생활에 뛰어난 적응력을 보이는 아이들이다. 적어도 수영이나 잠수를 잘하는 아이들.

유일한 특별 그룹, 8그룹은 머리가 좋은 아이들이 모인 곳이다.

선형이는 보육원에서부터 친했던 어린 시절 단짝이다. 선형이는 시설에 처음 들어올 때부터 8그룹에 소속되었다. 반짝거리는 눈이 8그룹과 잘 어울린다고 생각했다. 처음에는 무소

속인 나보다도 선형이가 더 힘들어했던 기억이 난다. 선형이는 너무 잘난 애들 속에서 자신을, 자신감을 잃어버리는 것 같다고 했다. 나는 아무것도 아니라는 슬픔에 사로잡혀 있었기 때문에 선형이의 마음을 어느 정도 이해할 수 있었다. 그렇게 우리의 우정은 이어졌다.

하지만 이제 우린 열여덟이다. 더는 아홉 살 때처럼 원하는 때에 만나서 수다나 떨고 줄넘기를 할 수 있는 나이가 아니다. 우리 둘의 사이 또한 예전과 같진 않다.

그러나 우리는 우리를 믿고 있다는 것으로 서로의 생활을 버티고 있다. 선형이는 빠른 속도로 성장했고, 이제는 마마 지구로 교역을 나갈 만큼 8그룹에서도 뛰어난 실력을 보이고 있다. 우리가 시설에서 사용하는 물건과 먹을거리는 전부 선형이와 8그룹 아이들이 가져온다고 해도 과언이 아니다.

나는 친구가 자랑스럽다.

"마마 지구는 어땠어?"

"갈 때마다 똑같지. 휘황찬란. 있을 거 다 있고."

선형이의 말투가 싱거웠다. 툭툭 내뱉는 것처럼 들리기도 했지만, 기분 탓이라고 여겼다.

"그렇게 좋은가."

내 방에 나란히 누워 두런두런 이야기하는 이 시간을 무척 기다렸다.

"거긴 지구야. 완전한 지구. 옛날과 같은 지구."

"그런 곳이 남아 있다니 신기하다."

"우리 같은 공동체도 많이 있겠지. 이 정도면 꽤 살 만한 것 같기도 하고……."

말끝을 흐리는 선형이의 다음 말이 궁금했다.

"하고?"

"……."

"아닌 것 같기도 해?"

그때 선형이가 몸을 돌려 옆으로 누웠다. 나를 똑바로 바라보며 입을 열었다.

"꼭 우리 말고 말이야. 다른 공동체들은 어떻게 살고 있을까? 거긴 외국인도 많더라."

"뭐 다인종 구역이라고도 하니까. 돈만 있으면 들어갈 수 있는 거 아니야?"

"건강도 있어야 해."

"건강?"

"오염되지 않았다는 증거. 온몸이 온전하다는 증거."

"그건 좀……."

"나, 마마 지구에서 살고 싶어."

"마마 지구?"

"할 수만 있다면, 그런 곳에서 살고 싶어."

"선형아."

"위험한 생각이라는 거 알아. 그런데 정말 간절해. 다녀올 때마다 그 간절함이 더 커져."

"당연하다고 생각해."

"버니 너는 마마 지구에 가지 않았으면 좋겠다."

"왜?"

"이곳 생활을 더는 버틸 수 없게 될 거야."

선형이는 다시 천장을 보고 똑바로 누웠다.

"세상은 이게 다가 아니야."

그러고는 한동안 말이 없었다. 선형이는 내 침대에 누워서 내 이불을 만지작거리며 몸을 뒤척였다. 그리고 내 이불 냄새를 맡다가 잠들었다. 선형이는 앞으로 사흘 동안 휴식 기간이다. 그래서 깨우지 않기로 했다.

저녁을 먹으러 가기 전까지 나는 햇님이 침대에 누워 있었다. 햇님이는 수영 연습을 하고, 달리러 다녀오겠다며 나갔다. 그러니까 친구랑 편하게 얘기 나누라고, 어른스럽게 말했다.

햇님이의 이불 냄새를 맡아 보았다. 아기 냄새 같은 게 났다. 비린내는 아니고, 그렇다고 예쁘고 달달한 냄새도 아닌 아기 냄새. 땀을 흘려도 아무 냄새가 나지 않는 햇님이의 이불에서 이런 냄새가 나는 게 신기했다. 순간 '햇님이도 사람 맞구나!' 하고, 웃음이 새어 나왔다.

저녁을 먹으러 나오면서 선형이가 곤히 잠든 모습을 지켜보았다.

나는 오늘도 9~10그룹이 앉아야 할 자리에 앉아서 저녁을 먹을 거야. 오늘 훈련은 너무 피곤했어. 너무 배고파. 밥 많이 먹고 싶은데, 명원이 무리가 또 새치기해서 괜히 음식을 많이 퍼갈 거야. 우린 남은 걸로 적당히 배를 채워야지. 그래도 괜찮아. 배가 고파서 밥을 많이 먹고 싶다는 생각을 할 뿐, 정말로 많이 먹고 싶은 건 아니야. 물에서 계속 자유롭고 싶으니까 살이 찌는 건 금물이야. 우리 그룹 애들도 그런 생각을 할까? 아니면 아무 생각 없이 식당에 앉아서 주어진 밥만 먹고 나가는 걸까? 분명 나만 불편한 건 아닐 텐데 말이야. 나만 그럴듯한 핑계를 대는 것 같아서 쪽팔려.

선형이 등을 쓸어 주면서, 미처 하지 못한 말을 속으로 읊조렸다.

"이 속삭임이 아무에게나 들렸으면 좋겠다? 그런데 또 아무한테도 안 들렸으면 좋겠어……. 선형아, 고생 많았어. 나 밥 먹고 올게."

식당으로 가는 길에 선형이가 보고 온 세상을 상상해 보았다. 구체적으로는 상상할 수 없었다. 본 적이 없는 곳이니까. 들은 것만으로는 상상이 되질 않는다. 아니, 선형이는 거의 이야기해 준 게 없다. 아마도 내가 거길 상상하고, 꿈꾸고, 가고 싶어 할까 봐 그러는 것 같다. 바다를 통해서라면 갈 수 있을지도 모른다. 내가 수영을 해서 멀리멀리 가 버릴까 봐 싫은 걸까. 아니면 자기가 가지 못하는 곳에 가지 않길 바라는 걸까.

오히려 그곳에선 살아남지 못할지 모른다. 살아갈 수 없을지도, 들어가지 못할지도 모른다. 태인이에게 이 이야기를 해보면 어떨까. 우리 더 깊이, 더 멀리 가 보자고. 우리도 거기에 가 보자고 말하면 태인이는 어떤 반응을 보일까.

태인이와 서윤이가 있는 방 앞에서 서성이다가 혼자 밥을 먹으러 갔다. 햇님이는 운동을 하고 바로 밥 먹으러 올 것이다. 땀을 잔뜩 흘리고도 맑은 냄새가 나겠지. 아니, 아무 냄새도 나지 않을 것이다.

아까 맡았던 햇님이의 이불은 햇님이와는 다르게 사람 냄새가 났다. 꼭 햇살 냄새가 나는 것 같기도 했다. 잘 마른 이불 냄새 같은 것. 건조기에 말린 이불이 아닌 마마 지구의 햇볕에서 말린, 그런 냄새. 나는 그 정도만 상상한다.

밥을 먹고 수영하러 훈련장에 가야겠다.

계속되는 더위에 대부분 실내 노동에 차출되었다. 우리는 수영 훈련을 했다. 물도 뜨거워지는 시기였고, 뜨거워지는 만큼 물속 미생물이 드글드글 끓었기 때문에 밖으로 실습을 나가기가 어려웠다. 바다나 강에서 주로 훈련하는 것은 사냥이나 배수관 점검과 교체 그리고 잠수다. 수중 시야가 어두운 곳에서도 살아남아야 하고, 거기서 우리가 할 수 있는 일에 익숙해져야 하기 때문이다. 더 오랫동안 잠수해서 더 나은 것을 모아 오는 게 우리의 일이다. 하지만 요즘에는 도통 밖에 나갈 수가 없다.

실내 훈련도 쉽지는 않았다. 물이 고갈되는 시기에 수영장 물을 채우는 것은 공동체 전체의 손실이다. 우리는 절대적으로 함께해야 한다고 배워 왔기 때문에 별다른 생각이 떠오르지는 않았다. 더 나은 방법을 찾을 수 있는 것도 아니다.

그럼에도 나는 자꾸 밖으로 나갈 수 있는 방법을 찾으려고 한다. 아무래도 선형이의 말이, 내가 마마 지구에 가지 않았으면 좋겠다는 말이 나를 자극한 듯하다. 선형이에게 나쁜 감정이 생긴 것은 절대 아니다. 오히려 고맙기까지 했다. 나는 다른 세상을 생각해 보지 않았으니까, 새로운 세계가 열린 것이다.

밖에 나가지 못하는 대신에 우리는 노동을 하고 수업을 들었다. 자꾸 딴생각으로 멍해지는 탓에 물리 수업과 기초 기계 공학 수업은 나머지 공부를 해야 했다. 선형이가 조금 도와주기는 했지만, 수업을 따라가기가 어려웠다. 하지만 9그룹에 계속 남아서 바다로 나가려면 절대 낙제를 해서는 안 된다! 우리는 바다에서 수영만 하는 게 아니기 때문이다.

우리가 맡은 일 중 가장 중요한 것은 배수관을 관리하는 일이다. 우리 쪽 배수관은 형광 보라색 관인데, 바다 또는 강에서 물을 끌어오려면 반드시 필요한 장치다. 사실 이 근처의 강은 전부 말라 버렸기 때문에 우리는 모든 물을 바다에서 가져오고 있다.

태인이가 배수관 걱정을 했다. 균도 많고 녹조도 짙어지는 이런 때에야말로 배수관 점검이 필요하기 때문이다. 지난번에도 가라앉은 녹조가 달라붙어서 4~5구간의 중간 점검 통이 열리지 않은 적이 있다.

"이제 한번 가 봐야 될 것 같은데."

"우리끼리 간다고 하면 안 되겠지?"

"우리끼리가 문제냐. 녹조가 문제지."

"으, 지겨워."

숙소 복도에서 우리끼리 떠들고 있자, 서윤이가 나타나 우리를 끌고 장비실로 갔다.

"일단 장비나 챙기고 나서 말해 보자고."

"야."

"언니들은 생각만 많은 게 문제야."

그건 그렇다. 나는 선생님들이 시키는 일이 아니면 특별히 말을 뱉지 않았다. 다행이랄지, 태인이가 늘 비슷한 타이밍에 같은 생각을 했고, 태인이가 선생님들에게 말하곤 했다. 나는 뒤에서 맞아요, 그래요, 를 하는 정도였다.

역시나 이번에도 선생님들은 쉽게 허락해 주지 않았다. 바닷물 온도가 오르고 녹조가 짙어질 때는 우리 장비로도 사고가 날 수 있다는 이유였다.

"어설프게 평소랑 똑같다고 생각하면 안 돼."

그때 내 안에서 뭐가 불쑥 올라왔다.

"우리는 이제 마지막 단계에 와 있어요. 내년이면 여기에서 나가야 하잖아요."

"너희는 아직 어려. 선생님들 중에 나갈 수 있는 분들이 있으니까 너희는 생각 안 해도……."

"어차피 내년이면 시설에서 나가야 해요. 우리는 현장에 투입될 거라구요."

"그래도 지금은 안 돼."

"지금이 아니면 도대체 언제요?"

발끈하는 내 목소리에 G선생님이 얼굴을 찌푸렸다. 태인이도 놀란 얼굴로 나를 쳐다보았다. 순간 겁이 났다. 이대로 외출은커녕 면담이 잡히면 어쩌지. 태인이나 다른 친구들이 나를 이상하게 생각하면 어쩌지.

그렇다. 나는 집착하고 있다. 외출을. 떠나는 것을. 찾아보는 것을.

그때 라우드 오빠가 말을 보냈다.

"얘네 말이 틀리진 않았죠. 이 시기에 한 번쯤 나가 볼 필요도 있을 것 같아요."

처음으로 라우드 오빠가 마음에 들었다. G선생님은 10그룹 선생님들과 이야기를 나누고 오더니 고개를 끄덕였다. 드디어 나갈 수 있다. 물론 바깥은 찜통이고 물속은 더 그렇겠지만, 우리에게는 슈트도 있고 서로도 있다.

옷을 갈아입으려고 방으로 돌아가는데, 태인이가 말을 걸었다.

"오늘 다른 사람 같았어. 뭐야, 토깽이!"

"토깽이라니, 이 자식이!"

"넌 보육원 시절부터 토깽이였어! 새삼 왜 그랬는데?"

"몰라. 나가고 싶어서 몸이 근질거렸나."

"모르는 척하는 거 봐. 다 티 나는데."

"뭐가."

"몰라."

"저도 모르면서!"

태인이와 나는 가볍게 투닥거리며 옷을 갈아입고 복도에서 만났다. 정작 서윤이는 아무래도 오늘은 나가기 힘들겠다고 선생님에게 휴식 신청을 했다고 한다. 햇님이가 우리 뒤를 조용히 따라왔다.

"열다섯 살은 방에 가 있지?"

"나도 몸이 근질거린단 말이야!"

"꼬맹아. 물속이 더 근질거릴 거야."

"언니들은 되는데 나는 왜 안 돼?"

"우리도 이번이 처음이야."

"아아, 그러니까 나도 같이 가자."

"안 돼."

"우리도 내년이면 현장에 투입될 테니까 나가 보겠다고 억지로 설득해서 가는 거야. 우리끼리도 처음이라고. 그러니까 오늘은 참고 방에 가 있어."

햇님이는 입술을 삐죽 내밀었지만, 알겠다는 듯이 터덜터덜 방으로 돌아갔다. 우리는 햇님이의 그런 뒷모습을 보며 킥킥 웃었다.

얼마 남지 않은 바다. 우리는 그곳으로 간다.

녹조는 우리가 예상한 것보다 더 끔찍했다. 거의 하나의 땅이 될 것처럼 수면을 가득 메우고 있었다. 물속은 어떻지 상상조차 되지 않았다. 장갑을 끼지 않고 물속에 손을 넣어 보고 싶었다. 괜히 그런 충동이 일었다. 물의 온도가 궁금했다. 태인이가 온도계를 담그자 바로 경고 알람이 울렸다. 사람이 들어가기에는 너무 높은 온도라는 알람이었다.

하지만 우리는 공동체의 안전을 위해서, 생활을 위해서 배수관을 직접 봐야 한다. 녹조가 막고 있는 구멍은 없는지, 부식된 곳은 없는지 그리고 더 맑은 물이 고여 있는 곳은 없는지. (그럴 일은 없겠지만 말이다.) 우리가 하는 일은 늘 같았지만, 오늘은 뭔가 조금 달랐다. 심장이 쿵쾅거리고 겁이 났다.

이번에도 태인이가 먼저 뛰어들었다. 자기가 하겠다고 한 일이기 때문에 자기가 먼저 들어가 봐야 마음이 놓일 것 같다고 했다. 태인이가 물속에서 얼굴을 내밀어 엄지를 들어 보였다. 피부에 닿는 열기는 없었다. 우리가 입는 슈트는 특수한 장비로 마마 지구에서도 쓰이는 것이라 들은 적이 있다. 우리는 수영 슈트 하나만 믿고 바다로 뛰어든다. 데지 않을 거야. 질식하지 않을 거야. 그리고 감염되지 않을 거야.

선형이 생각이 났다. 내가 입고 있는 이 슈트도 선형이네 그룹이 마마 지구에서 구해 온 걸까? 선형이가 그곳에서 살고 싶다고 한 말이 조금은 이해될 것 같았다. 여전히 상상은 되지 않지만, 적어도 그 근처의 물은 맑겠지? 물속에서도 이것저것 볼 수 있겠지? 내가 상상할 수 있는 건 맑은 바다다. 그리고 마르지 않는 강.

그렇지만 하나의 지구에서 마르지 않는 강이 있을까? 여기에 없는 것이 저기에는 있을까?

태인이가 계속 나아갔다. 깃발로 표시되어 있는 지점들이 우리가 봐야 할 곳의 시작과 끝을 알려 주었다. 중간중간에는 더 작은 깃발도 있었는데, 그건 연결 부위나 탐색 가능 지역을 알려 주는 표시였다.

태인이가 큰 깃발 아래로 쑥 들어가더니 한동안 물 위로 나오지 않았다. 나는 작은 깃발 몇 군데를 보는 둥 마는 둥 하며 태인이의 동선을 좇았다. 태인이는 일을 할 때 몰두하는 경향이 있기에 중간중간 줄을 당겼다. 서로의 다리에 연결한 줄, 그 줄을 당기면 태인이가 무슨 일이냐는 표정으로 물 위로 올라왔다. 아무 일이 없어도 불안해질 때면 괜히 줄을 당겼다. 태인이는 강했다.

나보다 앞서가던 태인이가 갑자기 줄을 당겼다. 두 번, 탁탁. 그건 무얼 발견했다는 뜻이다. 문제가 생겼다는 뜻은 세 번, 탁탁탁. 한 번 당길 때는 물 위로 올라와 보라는 뜻이었다.

앞으로 나아갔다. 물이 점점 흐려졌지만, 몸에 감기는 녹조

나 물컹한 덩어리는 줄었다. 왼쪽 고글에 부착된 현미경을 켜 보았다. 처음 보는 균류가 떠다니고 있었다. 그리고 분명히 물속에서 헤엄치는 무언가가 지나갔다. 물고기가 아니더라도 분명 헤엄치는 무언가였다. 달팽이일 수도 있겠지. 해조일 수도 있고. 나는 잠시 한눈을 팔다가 다시 앞으로 나아갔다.

태인이가 있던 지점은 가장 큰 깃발이 있는 곳이었다. 거긴 처음으로 가 보는 곳이었고, 우리끼리 바다에 나온 것 또한 처음이었다. 태인이가 신호를 보냈다. 잠시 위로 올라가 이야기하자는 것이었다. 물 밖에서도 산소통은 절대 벗어서는 안 된다고 배웠기 때문에 메신저를 꺼내 대화했다.

태인: 이상해.

버니: 뭐가?

태인: 물이 점점 흐려지는 것 같았는데, 저 멀리를 보면 더 맑아 보여.

버니: 물속이? 아니면 바깥이?

태인: 고글에 확대경을 켰더니 저 멀리 물속이 보였어.

버니: 분명해?

태인: 확실해. 몇 번이고 고글을 껐다 켰단 말이야.

버니: 가 보자.

태인: 뭐?

버니: 우리 저쪽으로 넘어가 보자.

태인: 하지만 금지되어 있잖아.

버니: 왜 금지 구역인지 궁금하지 않아?

태인: 그야 그렇게 알려 줬으니까.

버니: 그러니까 왜 금지하는지, 나는 좀 알아야겠어.

내가 먼저 물속으로 들어갔다. 태인이와 연결된 줄을 한 번 당겼다. 물속으로 따라 들어오라는 신호. 줄이 점점 팽팽해지는 것 같아서 다시 줄을 두 번 당겼다. 그제야 태인이가 움직이는 것을 느낄 수 있었다.

나는 앞으로, 앞으로 나아갔다. 그래야만 하는 것처럼. 인어의 목소리를 들은 선원처럼 앞으로 나아갔다. 태인이가 말한 대로 눈앞이 점점 맑아졌다. 환하게 뜨거운 햇볕이 물속으로 그대로 들어오는 것 같았다. 아무것도 햇빛을 가리지 않았다.

모든 것이 투명하게, 맑게, 선명하게 보이기 시작했다. 우리가 가지 않았던 곳에, 하지만 이렇게 지척에 다른 물이 있는데 왜 우리는 여기까지 올 생각을 못 했지? 선생님들이다. 선생님들이 막아 왔기 때문에 가 보지 않았을 뿐이다. 그럼 선생님들은 왜 큰 깃발을 딱 거기에 꽂아 둔 걸까. 정확히는 선생님들이 아니라 관리직의 지침이었을 것이다.

그들은 왜 이 수원을 찾으려 하지 않는 걸까. 왜 이 구역을 탐색하지 않을까. 적어도 여기에선 더 맑은 물을 가져올 수 있다. 태인이에게 텍스트를 보냈다.

버니: 배수관이 있지는 않나 확인해 보자. 우리 쪽 배수관.

태인: OK.

태인이와 나는 각각 왼쪽과 오른쪽으로 조금씩 멀어지면서 앞으로 나아갔다. 얼마 지나지 않아 형광 보라색의 무언가가 보였다. 줄을 당겼다. 태인이가 나 있는 쪽으로 왔다. 내가 손가락으로 형광 보라색을 가리키고 태인이를 쳐다봤더니, 곤란한 표정을 짓고 있었다. 혼란스러운 거겠지. 나도 그렇다. 우리는 모래를 조금씩 팠다. 그리고 그것은 분명히 우리 쪽 배수관이었다. 그 순간 태인이가 물 위로 빠르게 올라갔다.

마마 지구에는 맑은 물이 있을 거야.

마마 지구에 대해 상상하면 물이 제일 먼저 떠올랐다. 아주 맑은 물과 깨끗한 바다. 내가 잘하는 수영으로 헤엄쳐 갈 수 있는 곳. '잘하는?' 내가 수영을 잘했던가? 좋아하는 편이긴 했다. 그럼 좋아하는 건가, 아닌가? 모르겠다.

태인이와 물 밖으로 나왔을 땐 세상이 환했다. 슈트 때문에 뜨거운 열기도 차가운 바닷물도 느껴지지는 않았지만, 왠지 물이 차갑고 시원한 것만 같았다. 슈트를 벗고 시원하게 수영을 해 보고 싶었다. 산소통도 벗어 버리고 싶었다. 차마 그럴 수 없었던 이유는 여기가 마마 지구라는 확신이 없어서다.

태인이는 얼이 빠진 표정으로 물 위를 두리번거렸다. 맑은 물의 표면을 처음 봤기 때문에, 바닷속이 훤히 보이는 물은 처음 봤기 때문일 것이다. 물속으로 빨려 들어가 그대로 물고기가 될 것 같은 모습이었다.

일단 태인이 손을 잡았다. 우리가 여기까지 와도 되는지, 여기에 이렇게 둥둥 떠 있어도 되는지 문득 불안해졌기 때문이다. 누가 와서 잡아갈 수도 있고, 우리가 모르는 위험한 생물이 있을 수도 있다. 예를 들면, 상어. 상어와 비슷한 어떤 것들이 있을 수도 있다. 그런 생각을 하니 갑자기 물속으로 들어가기가 무서워졌다. 내가 아는 바다와 강은 모두 뿌옇고, 거기엔 아무것도 없었기 때문이다.

맞다. 보라색. 형광 보라색 배수관을 따라가 봐야 한다. 어디까지 이어져 있는지 알고 싶다. 배수관을 찾는 데 집중하다 보면 두려움이 사라질지 모른다. 어디로 나가야 하는지 알 수 있을지도 모른다. 산소통에 남은 산소를 확인한다. 일단은 헬멧도 산소통도 벗지 않기로 한다.

배수관은 우리의 예상보다 더 먼 곳까지 이어져 있었다. 이대로 앞으로 계속 가 보는 게 의미가 있을까 싶을 정도였다. 이렇게 멀리부터 이어져 온 배수관이 있다니. 그럼 우리에게 주던 물은, 식수는 전부 여기서 온 것일까. 달리 정화 장치가 없어도 될 만큼 깨끗한 물이 여기에 있다. 물론 바닷물이기 때문에 식수화 과정은 필요하겠지만, 적어도 녹조가 가득한 우리 구역보다는 상황이 낫다. 이대로 가다 보면 강줄기도 나오지 않을까? 강이라는 걸 볼 수도 있지 않을까?

그때 태인이가 줄을 당겼다. 비상시에 쓰는 라이트도 켰다. 태인이에게서 메시지가 왔다.

태인: 물 위에 뭐가 있어. 누가 있는 것 같아.
버니: 물 위에?
태인: 응. 뭐가 다가오고 있어.

상어. 상어가 있을지 모른다. 사진으로만 보았던 그 어마어마하고 무서운 생물. 아니지. 물 위에서 다가오는 것이라면 배?

보트? 경비대다. 아무리 생각해 봐도 그 편이 확률이 높다.

버니: 경비대?!

태인: 그럴 수도.

그리고 갑자기 위에서 환한 빛이 들어왔다. 사이렌도 울렸다. 순간 나는 더 깊은 물속으로 잠수해야 하나, 물 위로 올라가 양손을 들어야 하나 고민되었다. 그때 태인이가 물 위로 올라갔다. 아!

"너희 여기서 뭐 하는 거야?"

경비대였다. 마마 지구 사람들인 듯했다. 그들은 마스크도 헬멧도 쓰지 않았다. 우리도 헬멧을 벗고 대답해야 하나.

"여기는 위험 구역이랑 가까운데. 누가 여기까지 와도 된다고 했니?"

내가 먼저 헬멧을 벗었다. 아, 시원한 공기. 그리고 바다 냄새. 이게 바다 냄새구나. 비릿한 냄새와 함께 따뜻하지만 시원한 바람이 불었다. 태인이가 놀란 얼굴로 나를 바라보았다. 내가 오케이 손짓을 했더니 태인이가 헬멧 오픈 버튼을 눌렀다.

"수영하다 보니 여기까지 오게 됐어요."

"가자. 여기는 위험 구역이야."

"네."

아무래도 우리가 입고 있는 슈트가 마마 지구에서 온 것이기 때문에 우리를 마마 지구 아이들이라고 생각한 듯했다. 태인이의 손을 잡았다. 태인이는 떨고 있었다. 나의 강한 태인이가 떨면서 내 손을 꼭 쥐었다. 내가 손을 더 세게 쥐었다 놨다 하며 괜찮다는 신호를 보냈다.

그리고 우리는 그 보트에 올라탔다. 경비대원 두 명이 있었다.

"그래도 장비는 다 갖추고 왔네."

"네?"

"위험 구역에 갈 땐 이렇게 제대로 갖추긴 해야 하니까."

"아, 네."

"잘했어. 하지만 여기까지 오는 건 안 돼."

"네……. 죄송합니다."

"너희는 어디에서 왔어? 학교는?"

"학교 안 다녀요. 저희는 수영 특기생이거든요."

태인이가 순발력을 발휘했다.

"그럼 체육고라도 다닐 거 아니야."

"졸업했어요."

"아, 그래? 한참 어려 보여서."

태인이는 덜덜 떨면서도 이런 상황에 금방 대처한다. 내가 태인이를 멋있다고 생각하는 이유 중 하나다. 두 번째는 윤기나는 까만 단발머리다. 꼭 마마 지구 아이들이나 가지고 있을 듯한 머리카락이다. 그에 견주어 나는 양 갈래로 마구 묶은 꼴이라 우스울 텐데.

갑자기 경비대원들이 의식되었다. 슈트를 벗으면 어디서 무슨 옷을 입어야 하지? 걱정도 되었다. 더구나 여기가 마마 지구인지 아닌지도 모른다. 우리가 배우지 않은, 듣도 보도 못한 공동체일 수도 있다. 이 위험한 상황에서 아무렇지 않게 심장이 고요한 내가 태인이보다 더 강할지 모른다는 생각이 들었다. 웃음이 나왔다.

"마마 지구에서 여기까진 꽤 먼데, 너희 진짜 수영 잘하나 보다. 보트나 다른 수상 바이크도 안 가져온 거지?"

여긴 마마 지구가 맞다. 내가 그렇게 가 보고 싶어 했던 마마 지구.

"네. 어디까지 얼마나 멀리 갈 수 있나 궁금했어요."

"이번엔 우리가 발견해서 다행이었지만, 다음부턴 조심해. 저쪽은 녹조가 엄청나다고."

∧ 보내는 사람: 버니(hoppinbunny@insideearth.cap)

받는 사람: 산(sanissan@insideearth.cap)

제목: 비상!

그러니까 말이야. 나랑 태인이가 마지막 큰 깃발을 넘어갔다 왔어.
선생님들 없이 외출했었거든.
외출 자체는 허락받았지만, 깃발을 넘어가면 안 되는 거였는데…….
어쩔 수 없었어. 정말 맑은 물이 보이는 것 같아서. 가 볼 수밖에 없었어.

그런데 언니, 거기에 우리 쪽 배수관이 있었어. 거기에서 우리 식수를
가져오는 걸까? 나 지금 너무 흥분돼서 무슨 말부터 해야 할지 모르겠
는데, 아무튼 우리 쪽 배수관이 왜 거기까지 이어져 있는 걸까? 왜냐
하면 거기는 마마 지구였거든. 우리도 몰랐는데, 경비대가 와서 알았
어. 물 위에 둥둥 떠서 헬멧을 벗었을 때 바람이 얼굴에 닿는 느낌은
말로 설명할 수 없어! 바다 비린내가 뭔지도 알아 버렸어.

너무 많은 걸 알아 버린 느낌이야. 어떡하지? 앞으로 나는 여기서 이
지루한 생활을 어떻게 버티지? 맞아. 나는 지금 그게 제일 걱정인 것
같아, 언니. 이건 들키고 말고의 문제가 아니야. 나는 저기가 너무너무
궁금해져 버렸어. 저기든, 거기든, 아무튼 여기는 아니야.

나 거기서 정말 신기한 애들을 만났어. 탈그룹 아이들이야. 그 아이들

에 관해서는 내가 해 줄 수 있는 말이……. 아, 정말 얼굴을 보며 이야기 해야 하는데. 언니랑 연락할 수 있는 방법은 메일 말고는 없는 거지? 지하에서 다른 방법은 정말 없는 거야?

이 일에 관해서 더 궁금한 게 있으면 꼭 답장 줘.
언니 연락이 없으니까 걱정돼.

언니의 토깽이, 버니가

3장

깡충깡충, 반짝반짝

마마 지구에 다녀온 뒤로 한없이 싱숭생숭하다. 제일 먼저 산 언니 생각이 났지만, 태인이와 거길 넘어가 본 건 다행이었다. 마마 지구에 다녀온 뒤 태인이도 그랬다. 언니가 지하에 잘 있을지. 거긴 괜찮은 곳인지.

우리가 상상할 수 없는 곳에 대한 기대는 무섭다는 걸 실감했다. 실제로 기대만 하는 게 아니라 걱정도 한다는 걸 애써 부정하고 있었다는 사실도 깨달았다.

우리는 서로 의지해서 겨우 이곳에서 살아가고 있다. 그렇게 말하면 안 될 것 같으니까, 정말로 그럴 것 같으니까 입을 닫고 있을 뿐이다. 만족하며 살아가는 아이들도 있겠지만, 적어도 나와 태인이는 뭐가 뭔지 모를 이 세상에서 적당히 살아가고 있다. 그 '적당히'라는 것도 공동체 내에서 요구하는 것, 요구하는 일정을 따르는 일을 뜻한다.

우리는 니코틴을 들이켠다. 아무도 뭐라고 하지 않는다. 술을 마시지 않는 나와 술을 마시는 아이들에게도 신경 쓰는 사람이 아무도 없다. 너희 인생은 너희가 알아서 해야 하지 않겠니. 자유가 얼마나 무서운 것인지 모르는 우리에게 아무도 진짜 자유에 대해서 이야기해 주지 않았다.

마마 지구로 다녀온 일도 그랬다. 왜 안 되는지 정확한 이유를 말해 주지 않았던 걸까. 넘어가지 말라는 건 이러이러한 이유에서야. 그래서 너희에게 하지 말라고 하는 거야. 정확하게 말해 주면 오히려 우리가 뛰어들 거라고 생각하는 걸까. 어쨌든 간에 자꾸 배신감이 든다.

무엇이 우리를 이렇게 만들었는지 모른다. 자유일까. 선을 넘은 잘못일까. 어차피 누구에게 물어도 귀 기울여 주지 않을 것이다. 포기 상태. 포기. 포기라고 하면 괜찮아지는 것도 같다. 대신 울컥하고 울음이 올라온다.

며칠을 이불 속에서 뒹굴었더니 햇님이가 걱정된다는 표정으로 바라보았다. 햇님이의 시선을 알고 있었지만, 속에서 자꾸 경련이 나는 것 같아서 거기에만 신경 쓰고 있었다.

"언니."

햇님이가 말을 걸어왔다. 나는 햇님이 쪽으로 돌아누웠다.

"응."

"그날 무슨 일 있었던 거지?"

"그냥."

"그냥이 어딨어. 이거 언니가 맨날 하던 말이잖아."

"그냥 너무 피곤해."

"왜 계속 그렇게 힘이 빠져 있어? 그날 많이 힘들었어요?"

힘들었나? 그렇게 번쩍번쩍 빛나는 곳을 보고 온 게 많이 힘들었나? 너무 멀리까지 나갔던 게 힘들었나? 아니면 돌아오는 길이 더 험난해서 힘들었나? 거의 추격 스릴러에 가까운 컴백이었지. 그게 아니면. 우리가 돌아온 이곳에서 계속 살아갈 나날이 힘든 걸까? 햇님이에게 물어볼 수는 없다. 너라면 어떨 것 같아?

산 언니라면 물을 수 있다. 언니, 나 어떡해?

"내가 아니라 산 언니라면 말할 수 있겠어?"

조그만 게 별걸 다 안다.

"마마 지구에 다녀왔어."

"어, 어떻게?"

"마지막 큰 깃발 있지. 거기를 넘어가 버렸어."

"일부러? 아니면 어쩌다 보니 넘어가 버린 거야? 언니가? 태인 언니가?"

"풉."

당황해서 평소와 달리 마구잡이로 질문을 뱉는 햇님이를 보니 오히려 내 쪽이 멀쩡해졌다. 잠잠한 바다 위의 작은 배처럼 동동. 그렇게 멀쩡한 기분이 되었다.

"아니, 그게 중요한 게 아니라. 거길 넘어가면 바로 마마 지구야? 그런 거예요?"

"그렇더라. 맑고, 투명하고, 밝아서……. 너무 눈부시더라."

"……."

햇님이가 말을 잃었다. 우리가 나가는 바다는 녹조와 온갖 쓰레기로 가득하지. 그래, 떠밀려 온 것들의 해안이야. 우리가 매일 돌보고 있는 곳은 돌봐 봤자 아무 의미 없는 곳이야. 이 모든 이야기를 어떻게 해야 할지 모르겠다.

"버니 언니, 설마 거길 다시 가고 싶은 거예요?"

솔직히 햇님이의 반응이 걱정됐다. 금지된 구역에 다녀왔다는 사실을 알게 되면 햇님이가 보일 행동이 두려웠다. GP선생님들에게 말할 수도 있고, 나를 다시는 예전같이 보지 않을 수도 있고……. 나는 그게 두려웠다. 산 언니라면 그러지 않으리라는 이상한 확신이 있었기 때문에 산 언니가 자꾸 생각났던 거다.

"언니."

"그건 모르겠어. 자꾸 생각나는 건 맞는데, 내가 왜 이렇게 싱숭생숭한지 모르겠어."

"다른 세상이 있다는 걸 알아 버렸으니까."

"응?"

"듣기만 했던 곳이 진짜로 있다는 걸 알았잖아. 우리 세상은 여기가 전부인데, 언니는 다른 세상을 보고 와 버렸으니까. 당연히 예전 같을 수 없잖아."

이 작은 아이가 하는 말이 모두 맞아서 더는 어떤 말도 할 수가 없다.

그날 밤 태인이가 찾아왔다. 햇님이가 자리를 비켜 주려고 하기에 "너도 이미 아는 얘길 하러 온 걸 거야." 했더니 태인이가 놀란 표정을 지었다. 햇님이는 그저 달리고 오겠다고 했다. 문득 저 아이는 왜 달리는 일에 집착할까 궁금해졌다. 한 번도 왜 그렇게 달리는데? 물어본 적이 없다. 햇님이가 나를 지켜보듯이 내가 그 아이를 지켜보고 있나? 산 언니는 그래 줬다. 나는 저 아이에게 좋은 언니가 되어 주고 있는지, 문득 나 자신이 이상하게 느껴졌다.

태인이가 한숨을 푹 내쉬었다. 그러고는 의자를 빙빙 돌리면서 위를 쳐다봤다.

"왜 무슨 일인데."

"그때 걔 있잖아. 우리 도와준 탈그룹 아이."

"분홍색 머리?"

"응. 걔 괜찮을까?"

"괜찮지 않을까. 탈그룹 애들이 그렇게 쉽게 잘못될 리 없어."

"그건 우리가 알고 있는 이상한 정보 때문일지도 몰라."

태인이가 그 아이를 왜 그렇게 걱정하는지 안다. 나도 그런 마음으로 이불 속을 굴러다녔다. 우리는 마마 지구를 돌아보다가 맑은 바다 앞 슈퍼에서 그 아이를 만났다. 티셔츠라도 하나 사 입어야 하지 않을까 해서 들어갔다가 우리에겐 아무것도 없다는 것만 깨닫고 나왔을 때, 그 아이가 따라 나왔다.

"너넨 왜 그 꼬라지로 돌아다니고 있니?"

"어, 어?"

당황해서 아무 말도 못 하자, 일단 자신을 따라오라고 했다. 마마 지구 애들은 분명 아닌 것 같고, 하는 말이 들렸다. 잘못 들었나 싶을 때 그 아이가 자기는 탈그룹이니 걱정하지 말라는 말을 덧붙였다.

탈그룹. 우리가 아는 탈그룹은 어느 공동체에도 속하지 않은 아이들이다. 또는 거기에서 도망치거나, 범죄를 저지르고 도망 다니거나, 집을 나온 경우라거나 하는 이야기를 들어 왔다. 우리 공동체에서는 탈그룹 아이들 이야기를 하는 것은 금물이다. 불길한 징조처럼 말하기를 금기시한다는 느낌이다. 그런데 이렇게 예쁘고 발랄한 아이가 탈그룹이라니? 태인이와 나는 어리둥절했다. 적어도 나는 이 아이를 따라가도 괜찮다고 믿어졌다. 오히려 내가 알고 있던 이야기가 전부 잘못됐던 것처럼.

아이는 긴 분홍색 머리카락을 높이 양 갈래로 묶었다. 그리고 하얀색과 하늘색이 섞인 점퍼를 입고 있었다. 목이 아주 긴 양말을, 니삭스, 그래, 하얀 니삭스를 신고 있었다. 짧은 치마와 함께. 그에 비해 태인이와 나는 수영 슈트를 허리춤까지 내려 묶은 채로 돌아다니고 있었다. 안에 입은 티셔츠는 너무 달라붙어서 민망했다. 그런 차림으로 돌아다니는 사람은 아무도 없었다.

몇 골목을 돌아 들어갔더니 몇몇 아이가 모여 있었다. 아이들은 그 건물을 '드럭'이라고 불렀다. 탈그룹 아이들의 아지트인 셈이다. 건물은 우리가 살고 있는 시설보다 더 허름해 보였다. 마마 지구에도 이런 건물이 있을 수 있나 의아했다.

우리 표정을 읽은 듯 아이는 말했다.

"여기도 이런 데가 있어. 아무도 안 살려고 하는 동네."

"바닷가 마을이라 이런 곳도 있는 거고. 덕분에 우리도 여기 있을 수 있고."

"피원, 또 누굴 데려온 거야. 아무나 데려오지 말랬지?"

"제트, 그만해. 지겹다, 지겨워! 네가 뭐 우리 엄마야?"

애들은 서로의 이름을 알파벳이나 숫자로 부르고 있었다.

우리를 데려온 아이는 피원, P1이라고 했다. 활기차고 친화력이 좋은 아이였다. 그러나 적당한 거리를 두고, 우리에게 잠시만 있다가 가라고 했다.

제트라는 아이는 일종의 팀 리더처럼 보였는데 정식 이름은 Z1이라고 했다. Z1도 드문드문 분홍색으로 염색한 머리카락이었다. 마치 유행인 것처럼 아이들은 대체로 분홍색을 하나씩 가지고 있었다. Z1은 짧은 단발머리에 주렁주렁 핀을 꽂고 있었다. 생경한 모습에 입이 벌어지지 않게 이를 꽉 깨물고 있었다. 턱이 아플 정도였다.

태인이와 나는 P1이 준 티셔츠와 바지로 갈아입었다. P1은 수영 슈트를 넣을 수 있는 가방도 하나씩 주었다.

"나중에 돌려주러 오면 생큐인데, 뭐, 너네 꼴을 봐선 그냥 가져도 상관없어."

"피원, 너 그러다 또 제트한테 한 소리 들어."

"됐어. 내 옷인데 무슨 상관이야!"

그때 Z1이 말했다.

"너넨 어디서 왔는데?"

그때 우리를 부르는 명칭이 없다는 것을 깨달았다. 우리는 이곳을 마마 지구라고 부른다. 그런데 이들이 우리를 부르는 이름은? 아니, 우리는 어디에 살고 있는 누구지?

"저기 녹조를 건너서 왔어."

"아, 시설 아이들이구나."

"어?"

"너네 '공동체'라고 하지 않아? 열아홉이 되면 보호 종료인가? 그렇게 된다며?"

"네가 그런 걸 어떻게 알아?"

"탈그룹에 너네 공동체에서 온 사람들도 있어."

태인이와 나는 서로 바라보았다. 우리 공동체에서? 그러나 우린 한 번도 사라진 아이를 본 적이 없다. 몇 그룹의 누가 사라졌다든가, 탈출했다든가 하는 이야기.

"그래, 거기서만 살았다면 그냥 모든 게 다 어리둥절하겠지."

"어?"

"여기엔 얼마나 있다가 갈 거야? 보아하니 준비해서 온 것 같진 않고."

"어쩌다 보니 마지막 금지선을 넘어서 경비대가 우릴 발견했어."

"헉! 그런데 아무 일도 없었단 말이야?"

"아마 수영 슈트 때문인 것 같아. 이거, 마마 지구에서 쓰는 거라고 들었거든."

"뭐……, 그럴 수도 있지만."

잠시 말이 끊겼다.

"그렇지만 조심해. 누구한테 추적당하고 있을지 어떻게 알아?"

그 말에 태인이와 내가 동시에 뒤를 돌아보았다. 뒤에도 그저 탈그룹 아이들이 있을 뿐이었다. P1이 메롱 하는 표정을 짓고는 웃었다.

"너희는 탈그룹 아이들이지?"

태인이가 물었다.

"응. 뭐 그렇게들 부르지."

"왜 탈그룹인 거야?"

Z1이 조용해졌다. 시끌벅적하던 다른 아이들도 순식간에 조용해졌다.

"저마다 출신은 다르지만, 우린 다 소속된 곳에서 탈출하거나 뛰쳐나온 거니까."

햇님이가 달리기를 마치고 방으로 돌아왔을 때, 넌 그렇게 푹 젖도록 달리는 이유가 뭐냐고 묻고 싶었다. 햇님이도 실은 밖으로, 어딘가로, 다른 세계로 도망가 버리고 싶은 건 아닐까.

햇님이는 처음부터 이 공동체에서 자랐을까. 우리는 여기가 아니면 다른 어디에 있었을 수 있을까.

내가 알고 있는 건, 내가 기억하는 시점부터다. 보육원에서 교구를 쌓고 부수며 놀고, 장난감 인형을 서로 쥐고 있으려고 싸우던 기억. 선형이와 노래를 부르고 줄넘기를 하던 기억. 거기에서 시작된다. 나는 공동체에서 태어났는지, 그때 어디서 주워 와 살게 됐는지 아무것도 모른다. 여기서는 그런 게 중요하지 않았다. 그런데 마마 지구에 갔다 온 뒤로 우리는 전부 어딘가에서 왔다는 것을 알았다. 우리는 녹조 지역 너머 시설 아이들이고, 탈그룹 아이들은 마마 지구에 있던 애들이기도 하고 다른 곳에서 마마 지구로 온 애들이기도 하다. 언제 어디에나 '다른 곳'이 있다는 사실을 깨달아 버렸다.

"얘기는 잘 나눴어요?"

"넌? 넌 잘 뛰었어?"

"네. 시원해요."

"그 고장 난 러닝머신에서 왜 그렇게 달리는 거야?"

"드디어 물어보네."

"어?"

"언니, 내가 흠뻑 젖어서 들어오면 맨날 물음표 표정 하고 있잖아."

"내가 그랬어?"

"그런데 한 번도 안 물어보더라고. 나한테 관심이 없나."

"매번 물어보고 싶긴 했지."

"뭐야, 그럼 물어보면 되잖아!"

아직은 그러면 안 되는 줄 알았다. 우리 사이라는 게 그런 줄 알았다. 내가 산 언니에게 모든 말을 할 수 있는 것과는 달리 이 꼬맹이와는 할 수 있는 이야기가 제한되어 있다고, 내 멋대로 생각하고 있었다.

"그냥. 먼저 말해 주기 전까진 물어보면 안 된다고 생각한 것 같아."

"응. 진짜 별거 아닌데."

"그래서? 뭔데?"

"달리고 땀이 빠지고 시원해지고 다시 더워지고 하는 그 과정이 수영이랑 비슷한 것 같아. 그런데 수영이랑 또 다르다? 그리고 나 진짜 잘해 보고 싶거든요."

"뭘?"

"나도 언니들처럼 얼른 멀리까지 갈 수 있으면 좋겠어."

"지금도 할 수 있어. 나이 때문이야."

"나이 때문이 아니야. 나도 언니들처럼 수영을 더 잘하고 싶고, 더 길게 호흡하고 싶어!"

땀을 닦던 수건을 꼭 쥐고 햇님이가 버럭 소리를 지른다. 그건 어떤 선언이고 엄포였다.

"너라면 충분히 할 수 있을 거야."

"진짜?"

순식간에 눈빛이 초롱초롱해진 햇님이를 보니 웃음이 나왔다. 저렇게 해사하게 웃을 수 있다니. 정말 내가 햇님이를 오해했다는 것을, 저런 표정을 볼 때마다 깨닫는다. 내가 열다섯이었을 때도 그랬을까. 산 언니한테 물어보고 싶다. 뜨거운 차를 마시고, 표정이 별로 없고, 하지만 어두워 보이지는 않는 아이였나. 그리고 나도 언니한테 저런 말을 한 적이 있나. 대뜸 "언니들처럼 수영을 더 잘하고 싶어!"라니.

곱씹어 봐도 아무것도 기억나지 않는다. 기억은 점점 흐려지고, 언니 얼굴도 조금씩 흐려진다. 대충 느낌만 남아 가는 듯하다. 대신 내 앞에 있는 햇님이 얼굴이 밝게 선명해진다. 반짝반짝 빛나는 눈. 내가 마마 지구에서 보았던 햇살과 바닷물의 반짝임이었다.

탈그룹 아이들에게서 보았던 기세와도 비슷했다. 그 아이들은 어디로든 갈 수 있다는 사실 하나만으로도 빛나고 있었다. 우리가 얻어 입은 티셔츠가 유난히 깨끗하고 좋은 것도 아니었다. 시설에서 지내는 생활이 훨씬 더 깨끗하고 안전할지 모른다.

하지만 우리가 살고, 움직이고, 겪는 곳은 시설이 전부다. 시설 안에서 우리가 누릴 수 있는 것은 햇빛도 아니고, 맑은 물의 물살도 아니고, 시원하고 뜨거운 공기도 아니다. 뭐든지 적당히 인공적으로 잘 만들어진, 잘 정화한 것들.

밖에서 보는 우리는 어떤 공동체일까. 실은 몹시 이상한 종교 단체 같은 건 아닐까. 문화 시간에 배운 것처럼 사이비 종교에 빠진 사람들 속에서 자라는 것이라고 상상하니 오싹했다. 그러나 우리는 늘 과학적이다. 비과학적인 선택을 지양하며 사는 법을 배우고 있다. 그러니까 여긴 아무것도 아니다. 위험한 것은 하나도 없다. 그렇게 나 자신을 다독인다. 하지만 계속 느껴진다. 여기엔 자유가 없다. 진정한 자유라는 게 없다.

담배를 피우고 싶어졌다.

- -

제목 : 언니가 보고 싶어

언니가 보고 싶어.
정말 그 한마디가 간절했어.

이 모든 세계 바깥에 있는 자유롭고 똑똑한 아이들을 생각해 보게 됐어. 그러나 위험한 아이들.
그런데…… 여기 있는 우리는, 과연 위험하지 않다고 할 수 있을까?

우리가 수업 시간에 들었던 것은 전부 사실일까? 언니, 언니라면 뭐라도 대답해 줄 수 있잖아. 말해 줘. 언니가 있는 곳은 안전하다고. 우리가 배운 모든 것을 잘 활용할 수 있다고. 나에게 말해 줄 수 있잖아.

나에게는 전부 실체가 없는 얘기 같아. 그렇게 돼 버렸어. 나한텐 아직 먼 얘기 같고, 그런데 어느새 나는 열여덟이 됐어. 나는 언니가 왜 지하로 갔는지 아직도 잘 모르겠어. 거긴 뜨거워? 거긴 밝거나 어두워? 우리가 배운 게 쓸모 있어? 언니는 거기서 수영을 하고 있어? 땅도 있고 물도 있어? 나는 아무것도 모르겠어. 혼란스러워.
친구들에게 말하지도 못해. 꿈에 속이 빈 지구가 자꾸 나와. 우리가 배운 것을 꿈속에서도 학습하는 느낌이야. 이 문제를 풀지 못하면 꿈에서 깰 수 없단다, 누가 말하는 것도 같아. 나는 지금 너무 무서운 것 같아. 맞아. 내가 느끼는 건 무서움이야. 공포야. 우리가 땅을 밟고 있는 이유는 중력 때문인데, 바다가 있는 것도 중력 때문인데, 중력 아래에는 무엇이 있을까.

중력 아래에는.
언니가 있을까.
나 무서워. 그러니까 제발 답장을 해 줘.

언니의 토깽이, 버니가

4장

왜
거
기
있
어
?

그날 이후로 모든 것이 바뀌었다. 그곳에 다녀온 날, 그날 말이다. 밤새 뒤척이는 날이 많아졌고, 수영 훈련을 가도 더 멀리 가고 싶어졌다. 아주 당연한 일이라고 생각했지만, 절대 그래서는 안 된다고도 생각했다. 그럴 때마다 탈그룹 아이들이 생각났다. 태인이에게 또 가 보자고 말해 볼까? 아니야. 태인이는 안 된다고 할 거야.

돌아오는 길은 더 험난했다. P1과 Z1 그리고 다른 아이들이 도와주지 않았다면 경비대를 피해 다시 녹조의 바다로 돌아오기가 쉽지 않았을 것이다.

하지만 그래도 또 가고 싶다. 또 외출을 허락받고, 또 그 먼 곳까지 순식간에 헤엄쳐 가고 싶다. 나는 탈출하려는 게 아니니까, 궁금한 것을 찾으러 가는 거니까, 그 정도는 괜찮지 않을까? 그런 건 일탈이라고 할 수 있지 않을까? 합리화할 수 있는 이유를 찾는 날이 많아졌다.

그때마다 햇님이는 조용히 나를 지켜봤다. 산 언니가 그랬던 것처럼 말리지도 떠밀지도 않았다. 햇님이는 그저 열심히 달리고, 열심히 수영 훈련을 한다. 나에게 무슨 일이 있었는지 말하고 다니지도 않는다. 저 꼬맹이의 마음은 어떤 것일까. 나를 믿기 때문이라고 생각한다. 나는 그 믿음에 어떻게 보답하고 있는지 모르겠다. 이럴 땐 언니가 나를 좀 정신 차리게 해 줬으면 좋겠다. 그게 햇님이와 산 언니의 유일한 차이점 같기도 하다.

결국 바다로 향했다. 아이들과 모두 바다 훈련을 하는 날이었다. 발목에 채운 줄을 여러 번 확인했다. 언제든지 풀 수 있게 느슨히 조이고 물속으로 뛰어들었다. 처음부터 작정한 일은 아닌데, 지금 돌이켜보면 그때 이미 나는 마음을 먹었던 것 같다.

사냥 연습을 했다. 아무것도 없는 바다에서 작살을 던지고 그물 던지는 연습을 했다. 바닷속에 이런 생물들이 있을 땐 반드시 캐서 먹거리를 챙겨 두어야 한다고 했다. 그것은 전부 선생님들이 보여 주는 화면 안에만 있었다. 우리가 들어가는 바다에서는 실제로 볼 수 있는 것들이 아니다. 그 순간 나는 맑은 바다가 생각났다.

그 속에는 이 생물들이 있을 수도 있어. 직접 보고 싶어.

바닷속에서 그것을 찾아보고 싶었다. 그것들을. 우리가 먹을 수 있는 생물들을 찾아보고 싶었다. 단순히 그런 마음으로 큰 깃발까지 나아갔다. 점점 멀어지는 모습을 보며 선생님이 경고했지만, 나는 메시지를 하나 보냈다.

버니: 더 깊은 물에서 훈련해 보고 싶어요.
master: OK. 대신 선은 넘지 않기로.

선생님을 속이는 일은 생각보다 쉽다. 하지만 나를 속이는 일은 쉽지 않다. 나는 이 경계를 넘어서 진짜 생물을 보러 가야만 한다는 사명감 또는 절대적인 충동을 마주하고 있었다. 깊이 잠수하면 선생님이 보지 못하겠지, 하는 마음으로 더 아래로 아래로 내려간 뒤 앞으로 나아갔다. 발목의 줄을 빼고, 최대한 빠르게 헤엄쳐서 맑은 물을 향해 나아갔다.

이번에도 경비대에 걸리는 편이 나을까? 아니면 경비대가 모르게끔 해안에 도착해서 탈그룹 아이들에게 뛰어가야 할까? 오늘도 역시 아무것도 가져오지 않았다. 몰래 그곳으로 떠나야 하는 것이다. 그리고 몰래 무언가를 가져오는 것이다. 내 의심과 불안을 잠재울 수 있는 것으로.

어쩌다 보니 경비대에 걸리지 않고 뭍에 닿았다. 그대로 옷을 벗고 아이들이 있었던 골목으로 뛰어갔다. P1이 있었다. 내가 알아볼 수 있는 얼굴은 그 애뿐이었다.

"어? 야!"

"피원!"

"너 여긴 무슨 일이야."

"아무래도 궁금한 게 너무 많아서…… 헉헉…… 그냥 와 버렸어."

"와, 얘 진짜 대책 없는 아이네."

"나한테는 진짜 큰일이야. 우리 공동체에서 알면 어떤 처분을 받을지는 모르겠지만."

"나도 모르겠다, 야."

"그래도. 그래도!!"

P1이 손짓을 했다. 우선 숨을 돌리고 더 나은 옷으로 갈아입자고 했다. P1이 건네는 옷을 쥐고, 순간 울컥 눈물이 올라왔다. 이런 짓을 해도 괜찮은 걸까. 다시 돌아갈 수는 있는 걸까. 돌아가서는 무슨 말을 해야 할지도 모르겠다.

옷을 갈아입고 막 소파에 앉았을 때 Z1이 돌아왔다.

"야, 뭐야. 쟤가 왜 있어?"

"쟤가 아니라 버니야."

"버니인지 개뿔인지는 모르겠고, 너 여기 왜 왔어. 너도 공동체에서 나온 거야?"

"아니. 아니, 그런 건 아니야. 그냥 와야만 할 것 같았어."

"……."

"너희 얘기를 들어야 될 것 같았다고."

"우리가 무슨 말을 해 줄 수 있는데?"

"한숨도 잘 수 없었어. 여기에 다녀간 뒤로 뭐가 어떻게 된 건지 모르겠는데."

P1이 숨을 돌리라고 했다. 괜찮다고. 일단은 괜찮으니까 숨부터 돌려 보라고. 그러나 아무리 숨을 고르려고 해도 잘되지 않았다. 이 정도 거리 수영에 숨이 찰 리는 없고, 그래, 나는 이 위험한 짓 때문에 불안한 것이다. 불안하고 무서워서 숨을 쉴 수가 없다.

"그래, 뭐가 궁금한지 말해 봐."

"어디부터 말해야 될지 모르겠어. 나는……."

나는 버니야. 너희가 말하는 녹조 지역에서 왔어. 우리는 그냥 공동체라고 부르고. 지구 공동설 알아? 응. 이 땅 아래에 새로운 세계가 있다는 거야. 거길 찾기 위해서 성인이 되면 지하 탐험대, 동굴 탐험대, 바다 탐험대로 나뉘어 떠나야 해. 그전까지는 보육원에서 그리고 시설에서 자라는데, 결국 거기서 배우는 내용도 생존 기술에 가까운 것들이야. 난 수중 생활에 특화한 그룹에 속해 있어.

아이들은 별로 놀라지 않는 눈치였다.

"응. 알아. 여기에 너희 공동체에서 온 사람들도 있으니까."

"하지만! 나는 그룹에서 사라진 아이들 얘기를 들어 본 적도, 내가 본 적도 없어. 나랑 같이 훈련받았던 사람들은 모두 스무 살이 돼서 각자 배치 지역으로 떠났단 말이야!"

"그 후에 여기로 도망해 온 사람들이 있어."

"꽤 많이."

처음 보는 사람이 말을 덧붙였다. 꽤 많이라니? 도망? 왜? 그곳 생활이 그렇게 힘들단 말인가? 그리고 여긴 10대의 생활 공간이 아니라 20대도 함께 있다는 걸까?

"너, 그 표정 다 티 나."

"왜 그런 사람들이 여기 있느냐는 거지?"

"밤까지 기다려 봐. 너만 괜찮다면 그 사람들을 만나게 해 줄게."

내가 밤이 될 때까지 시설에 돌아가지 않으면, 오늘 밤 늦게 또는 내일 아침에 나타난다면 선생님들이 어떻게 할지 무서웠다. 하지만 아무것도 모르는 채 돌아가는 게 더 두려웠다. 태인이라면, 산 언니라면, 햇님이라면, 서윤이라면, 어떤 선택을 했을까. 나는 당장은 돌아가지 않는 쪽을 택한다.

아이들은 각자 놀거나 책을 읽거나 어디로 외출했다 돌아오거나 했다.

"대부분은 일을 하고 있지만, 집에서 들고나온 돈으로 놀기만 하는 애들도 있어."

"일은 어떤 일을 하는데?"

"그건 이따가 퇴근해서 돌아오는 사람들한테 직접 들으면 좋을 것 같아."

"집에서 나왔다는 애들은 뭐야?"

"보통은 마마 지구 출신 애들이 그런 경우인데. 부모랑 사이가 안 좋다든가 학교를 가기 싫다든가, 뭐 그런 거지."

"부모…… 학교……."

"야, 네가 한 번에 이해하기에는 너무 많은 정보다!"

"으응."

"부모는 가족. 애를 낳은 사람."

"그럼 나한테도 부모가 있었을까?"

"있겠지. 그게 누구인지 모를 뿐. 어쨌든 누군가는 너를 배 속에서 키웠을 거 아냐."

"그게 다야? 나를 세상에 낳아 준 사람?"

"아니, 키워야지. 키워 주고, 돌봐 주고 하는 것까지 해야 부모 아닐까?"

P1이 말하는 사이사이 Z1이 고개를 가로저었다. 정말 아무
것도 모르는구나, 답답하네, 이렇게 말하는 듯했다. 차라리 말
로 해 주지. 얄미워. 나를 괴롭히던 4그룹 명원이가 떠올랐다.
어디에나 이런 애들은 있구나 싶기도 했다.

"나한테는 부모가 없는 거네."

"공동체에서 온 애들은 다 그렇잖아."

"선생님들은 있지."

"응. 그게 학교야."

"학교."

"공부하고, 배우고, 선생님들이 아이들을 어른으로 길러 내
는 곳. 뭐 그런 거라고 해야 되나."

"우리는 보육원, 시설, 이런 데서 살았는데?"

"그게 집이고 학교였던 거 아닐까."

Z1이 말을 덧붙였다.

"여기에서도 몇몇은 제대로 된 직업을 구하고, 독립해서 나
가기도 했어. 드물지만."

그런 사람들은 다른 마마 지구 사람들처럼 멀쩡하게 살아
간다고 했다. 멀쩡하게 사는 게 뭘까? 다만 어디에도 속하고 싶
지 않은 이들이 계속 여기에 남는다는 것은 이해했다. 동생이나

친구가 여기에 있어서 같이 남은 경우도 있다. 탈그룹은 우리랑 뭐가 다를까. 조금 더 자유로운 것? 정말로 자유로울지는 모른다. 나는 경험해 보지 않은 세계니까.

대부분의 10대는 고정 수입이 없지만, 20대는 아르바이트를 하거나 제대로 된 일을 한다. 그래서 밤이 돼야 드럭으로 돌아오거나 아침에 돌아와서 자는 사람들도 있다고 한다. 내가 있던 공동체에서 나온 사람들은 대체로 성실해서 거의 일을 하고 있다. 그래서 밤이 되어야 돌아온다고 했다.

"여기까지는 대중 교통수단이 잘 다니지 않아서 숨어 있기 좋아."

"물론 누가 우리를 쫓아낼 것도 아니지만."

Z1이 시큰둥하게 말했다.

"여긴 사람들이 죄다 빠져나가서 빈집이 많아."

여기는 버려진 동네나 다름없다고 했다. 아마 그래서 녹조 지역에서 올 수 있었던 게 아닐까?

P1이 말했다.

"경비대도 잘 돌지 않는 곳인데, 너랑 네 친구. 걔 누구지? 저번에 같이 왔던 애 말이야."

"태인이."

"응. 걔랑 너랑 운 나쁘게 딱 걸린 거지. 그날!"

잠시 태인이 생각을 했다. 지금 태인이는 뭘 하고 있을까. 혹시 선생님들에게 나 대신 혼나고 있지는 않을까?

"위험하진 않아?"

내가 묻자 P1과 Z1이 동시에 웃었다.

"애초에 더 싫은 곳에서 나온 거니까. 위험한 건 상관없어. 그리고 우리도 인원이 꽤 되니까 말이야. 누가 건드려도 별로 무섭지 않은 건 서로가 있기 때문이야."

P1이 손가락으로 한 사람을 가리켰다. 줄곧 총을 만지작거리던 사람인데, 아까 나에게 도망 나온 사람들이 "꽤 많이" 있다고 말한 사람이었다.

"저거 장난감 총이다?"

"아."

"진짜 총은 아닌데, 그냥 저거 만지작거리고 자기 머리에 갖다 댔다가 괜히 벽을 향해 쐈다가 그래. 웃긴 언니야."

"언니?"

"응. 저 사람은 스물두 살. 에스나인."

"알파벳 S에 숫자 9인 거지?"

"그냥 스나라고 불러도 돼."

"이름 같네, 꼭."

"우린 이름 같은 거 없어. 숫자나 알파벳으로만 불러. 요즘에는 알파벳에 숫자를 더해서 부르지만. 한둘이 아니거든. 뭐, 별명 같은 거라고 하자."

"저 언니는 어디서 왔어?"

"너희 쪽."

"어?"

"공동체에서 왔다고 알고 있어."

"언제?"

"올해 초에 갑자기 나타난 사람이야. 동굴에서 왔다던데. 그래서 저렇게 하얀가 봐."

S9이라는 사람은 우리 대화에는 전혀 관심이 없다는 듯 계속 장난감 총을 만지작거렸다. 우리는 저런 장난감을 가지고 놀아 본 적이 한 번도 없다. 우리는 비폭력을 지향하니까, 저런 건 어려서부터 볼 필요가 없다고 생각한 거겠지. 이건 모두 어른들의 생각이다. 그럼 우리 공동체를 만든 어른들은 누구일까? 왜 만들었던 걸까?

밤이 왔고, 몇몇이 모여서 드럭은 북적거렸다. 우리 공동체에서 왔다는 사람들이 퇴근하기 전까지 P1에게서 탈그룹 생활에 관해 많은 이야기를 들었다. 그것은 혼란을 일으키기보다는 설레게 했다. 그게 이상했다. 왜 설레는지, 이유를 알 수 없었기 때문이다.

그때 Z1이 와서 저쪽에 있는 사람들에게 가 보라고 했다.

불 앞에 모여 있는 사람들은 대부분 또래로 보였다. 나와 비슷한 또래의 사람들, 아마 우리 공동체 출신이라는 20대일 것이다.

"이쪽은 B2, 우리는 비비라고 불러."

"안녕하세요. 저는 버니예요."

"이쪽은 G8, 저기는 W2, 더블유라고 불러"

"W1이 그룹을 떠났거든. 걔는 가족이 있었어."

"가족……?"

"아, 시설 출신이지?"

B2라는 사람이 말했다.

"가족. 나를 만든 사람들, 엄마, 아빠 그리고 같은 유전자를 나눠 가진 형제. 뭐, 부부, 그러니까 결혼으로 가족이 된 사람들. 애인과 함께 사는 경우도 있고. 내 피와 연결된 사람들 말고도 여러 형태의 가족이 있겠지."

"예를 들면 우리 그룹이라든가."

"그건 친구나 동료에 가깝지 않을까?"

가족. 가족이라는 단어는 들어 봤지만 이해할 수 없는 단어였다.

"어쨌든 W1은 부모님한테 잡히고 말았어. 부모 때문에 집에서 도망쳐 나온 애였는데."

부모. 나를 만든 사람. 나를 낳아 준 사람. 나와 피로 연결된 사람?

"대단한 집 자식이었지."

"유일한 마마 지구 출신이야."

"그럼 다들 어디서 온 거예요?"

"우리는 너랑 같은 공동체 출신. 피원은 어디서 왔는지 말해 준 적이 없고. 제트는 또 다른 세상 출신이야. 뭐라더라, 숲에서 살았다고 했어. 제트랑 같이 나온 애도 있는데, 더 어려. 걘…… 탈출하는 도중에 잡혀서 돌아갔다고 했어."

"제트도 자기 얘기를 별로 안 해."

"여기에 제일 많은 건 우리 같은 공동체 출신이야."

"가족이 있고 없고의 문제가 아니야."

모든 게 혼란스러웠다. 누가 무슨 말을 하는지도 알 수 없었다. 알고 싶지 않았다. 지금 나에게 중요한 정보는 그런 게 아니었다. 어쨌든 수많은 다른 세상이 있다는 뜻이다.

다시 집으로, 아니 녹조의 바다로 돌아왔을 때 해안에는 태인이와 서윤이가 있었다. 선생님들은 이미 해안을 모두 뒤지고 있었고, 햇님이는 시설에 들어가 있으라는 명령을 받았다. 혹시라도 모를 험한 상황을 보지 않도록 그랬다는 것이다. 그냥 나 말고 또 다른 이탈자가 생기지 않길 바란 거겠지. 우리는 애들이라 쉽게 자극받으니까.

G선생님의 얼굴을 보기 싫었다. 선생님은 알고 있는 게 있지 않냐고 태인이와 서윤이를 들볶고 있었다. 태인이와 서윤이는 끝까지 아무 말도 하지 않고 나를 기다리고 있었다. 나에게 아무 일도 없으리라고 믿었다고 한다. 나도 그들을 믿는다.

G선생님에게 솔직히 말했다. 맑은 물이 있는 곳까지 다녀왔다고. 마마 지구에 다녀왔다는 말은 하지 않았다. 맑은 물에서 따 온 몇 가지 해산물을 G선생님에게 내밀었다. 선생님들이 나는 앞으로 한동안 훈련에서 빠져야 할 거라고 했다. 그 정도쯤은 괜찮다. 수영은 언제든 실내 훈련장에서 할 수 있다. 아, 아니구나. 지금은 더위가 기승을 부리는 때다. 물이 부족한 때.

나를 믿어 준 친구들은 가족이 아닐까? 가족과 친구가 그렇게 다른 것일까? 내가 믿을 수 있는 존재라면 선생님들은 전혀 아니다. 태인이나 서윤이 같은 그룹 친구들이다. 그렇지만 태인이나 서윤이가 산 언니와 같다고는 할 수 없다. 그럼 산 언니는 가족이라고 해도 되는 걸까? 뭐가 다른지 모르겠다.

산 언니를 잃어버린 듯한 기분이다. 산 언니가 있었으면 좋겠다.

언니에게 이 모든 일을 이야기하고 싶다. 그리고 같이 도망가고 싶다. 그래, 나는 도망가고 싶다. 하지만 마마 지구나 탈그룹 아이들이 있는 곳으로는 아니다. 그냥 여기가 아닌 다른 곳이 있다는 것을 내 눈으로 보고 싶다. 다른 세상이 많다는 것은 들어서 될 일이 아니다.

그러고 보니 이상한 점이 있다. 우리 공동체에서 식수가 모자랐던 적은 없다. 바다가 끓는 때이기 때문에 실내 수영장에 물을 채우지 못하거나 샤워 시간을 제한하는 일은 있었다. 하지만 식수까지 모자랐던 적은 없다.

맑은 물속에서 보았던 형광 보라색 배수관이 떠올랐다. 태인이와 그 이야기를 더 해 보고 싶었지만, 태인이는 더 이상 알고 싶지 않다는 듯한 표정이었다. 그저 내가 안전히 돌아온 것에 대한 안도, 그게 다였다. 서윤이는 이것저것 물어봤지만, 아무것도 대답할 수 없었다.

방에 돌아가니 햇님이가 컴퓨터 앞에 앉아 있었다. 나를 보고는 벌떡 일어나서 도대체 어떻게 된 일이냐고 물었다. 아무 대답 없이 바닥에 앉아 얼굴을 무릎에 박고 웅크렸다.

"언니, 마마 지구에 다녀온 거죠?"

햇님이는 도저히 열다섯이라고 할 수 없는 아이다. 실제로는 스물다섯이나 서른다섯인데 몸이 자라기를 거부하는 게 아닐까. 우스운 상상을 하니 풉 하고 웃음이 터져 나왔다.

"바른대로 불어. 너 사실은 서른다섯 살이지?"

"응? 언니! 지금 장난칠 때가 아니라고!"

"알아, 알아."

"다들 언니 걱정을 얼마나 했는데! 나는 나가 보지도 못하고 여기 갇혀서 검색이나 하고 있었다고. 그런데 웃음이 나와?"

"그만 혼내라. 나 이미 많이 혼나고 왔어. 앞으로 2주 동안 외부 훈련 금지래."

"언니, 진짜 마마 지구에 다녀온 거예요?"

"응."

"다른 사람들한테도 말했어? 선생님들한테 말한 건 아니지?"

"아니야. 아무한테도 말 안 했어."

"그럼 내가 처음이네."

햇님이가 바보처럼 웃었다. 그러더니 금세 울상이 돼서는 눈물을 뚝뚝 흘렸다. 햇님이는 열다섯 아이가 맞다.

"언니가 잘못된 줄 알고 걱정했어요."

"미안해."

언니. 언니라는 단어는 왜 그렇게 따뜻한 걸까. 따뜻하고 부드럽고, 하지만 강하고. 나도 산 언니 같은 언니가 되어 주겠다고 다짐했었는데, 번번이 도움받는 쪽은 나다. 앞으로 햇님이에게 해 줘야 할 이야기가 많이 생겼다. 말해도 되는지 아닌지 잘 모르겠지만, 말하고 싶다. 말해 주고 싶다.

나라면 그 이야기를 알고 싶을 것 같다. 스무 살이나 스물다섯 살이 되어 듣는 것보다는 지금 듣는 게 나을 거라고 생각한다. 그때도 모르는 것보다는 지금 알고, 지금 햇님이가 생각하는 게 좋을 것이다.

제목: 안녕하세요. 햇님입니다.

언니, 안녕하세요. 갑작스러운 메일에 당황하셨죠?
저는 버니 언니랑 같이 지내고 있는 햇님이라고 합니다. 벌써 제 이름을 알고 있을 수도 있겠지만…….

버니 언니는 잘 지내고 있어요. 하지만 여전히 언니를 무척 그리워해요. 언니 이야기를 많이 해서 익히 알지만, 말하지 않을 때도 언니를 보고 싶어 한다는 걸 알 수 있어요.
버니 언니가 얼마 전부터 조금 이상해요. 힘이 없달까. 훈련에서 제외됐다가 복귀한 뒤로는 더더욱 이상해요. 일에만 집중하는 것 같은데, 그게 좋아 보이지는 않아요.
그래서 말인데요, 버니 언니가 좋아하는 건 뭔가요?
가끔 언니랑 사과잼 만들었던 이야기를 하는데, 사과는 이제 도저히 구할 수 없는 과일이에요. 담배를 좋아하는 것도 알지만. 버니 언니가 계속 수영을 하기 위해서라도 더는 담배를 피우지 않았으면 좋겠어요. 그래서 다른 좋아하는 것이 있나 해서요.

지하에 가셨다고 들었어요. 거기는 안전한가요? 여기는 언제나 같아요. 보육원에 있을 때랑 다른 점은 수업을 듣고 훈련을 한다는 것뿐이에요. 안전한 것 같아요.

언니가 건강하시길 바라요!

꼭 답장 주세요.

햇님 드림

5장

토끼를 잡으러

2주간의 훈련 배제 기간이 끝났다. 지금은 끓는 바다의 시간이기 때문에 오염 구역으로 투입되는 때가 많다. 그런데 내가 훈련 배제 처분을 받았기 때문에 햇님이는 나와 함께 시설에 남아 있었다. 두 명씩 팀을 짜서 해야 하는 일이기 때문에 내가 처분을 받으면 햇님이가 함께 처분을 받는 셈이다. 하지만 햇님이는 별다른 말이 없었다. 그저 "언니 괜찮아요." 하거나 "언니, 괜찮아요?" 하고 물어 왔다.

끓는 바다의 시간에는 어디든 오염 구역이 될 수 있다. 물이라면 더더욱 그랬다. 그래서 짝을 지어 나가고, 거기에 P선생님들(파트너 선생님들이라고는 하지만, 실제로는 우리만이 서로의 파트너다.)이 함께 팀을 이룬다. 일종의 추가 작업이자 훈련인데, 아무도 나가고 싶어 하지 않는 곳으로 우리는 나가야 한다.

훈련에서 배제되어 있는 동안에는 그런 곳에라도 나가고

싶었다. 온몸이 근질거렸다. 햇님이는 러닝 머신을 이전보다 더 열심히 달렸고, 우리는 실내 수영장 한편에서 이야기를 나눴다. 그리고 밤이 되면 바닷가에 나갔다. 어떻게든 나갈 구실을 만들어 보려고 했지만 선생님들은 아무것도 허락해 주지 않았다.

나는 곧장 그곳으로 달려가고 싶었지만, 할 수 있는 게 없었다. 이제는 우리의 모든 훈련에 선생님들이 따라붙었다. 내가 자초한 일이었지만, 잔인한 일이다. 어째서 우리는 우리 마음대로 할 수 없지? 동시에 자유에 관해 말해 준 적이 없다는 것이 또 잔인하다고 생각했다. 진짜 자유에 관해서. 우리가 얼마나 자유롭고, 얼마나 자유롭지 않은지에 관해서.

한참 뒤에나 올 겨울을 대비하는 방법은 알려 주면서, 왜 여름의 빛나는 물속은 보여 주지 않는 걸까. 거기에도 우리 쪽 배수관이 있는 걸 분명 봤다. 나 혼자 본 것도 아니었다. 그러니까 꿈도 아니고, 환각도 아니고, 환상도 거짓도 아니었다. 그래서 자꾸 화가 난다. 진짜라는 걸 아니까 화가 나는 것이다. 진짜로 있는 것들을 말해 주지 않은 게 화가 난다. 우리에게 숨겨야 하는 이유를 모르니까 화가 난다.

나는 그 화를 수영으로 풀고 싶었다. 그리고 탈그룹 아이들에게서 듣고 싶었다. 뭐라도 더 듣고 알게 되면 화가 줄어들 수 있을지 더 커질지 확신은 없었지만. 그랬다.

선형이를 찾아갔을 땐 8그룹 아이들의 싸늘한 눈초리를 받아야 했다. 게다가 선형이는 없었다. 교역을 위해 또 어디로 떠났다고 한다. 아이들 말에 따르면 마마 지구 말고도 많은 곳으로 떠난다고 한다. 나는 왜 한 번도 다른 곳이 있다는 생각을 하지 못했을까. 그리고 8그룹은 우리처럼 함께 움직이지 않는다는 것도 왜 몰랐을까. 선형이에게서 듣지 못한 이유는 내가 물어보지 않았기 때문이다.

우리 그룹으로 돌아가려고 할 때 선형이의 룸메이트가 붙잡았다.

"그, 버니?"

"응."

"언니라고 불러도 되죠? 선형 언니 친구니까."

"응. 그래요."

"선형 언니는 오늘 외국으로 나갔어요."

"외국이라니?"

"그러니까 비행기를 타고 아주 먼 곳으로 갔어요."

"왜 선형이가 갔는데? 아니, 왜 선형이만 갔는데요?"

"우리는 각자 특기나 특정 언어 능력을 활용해서 아주 먼 곳까지 파견되기도 해요. 20대 언니 오빠들이랑 같이요."

"그럼 시설을 이미 나간 사람들과도 교류한다는 거예요?"

"맞아요. 그래서 감시도 더 심하고요."

"감시?"

"여기까지만 말할 수 있을 것 같아요."

"그게 뭐야. 무슨 말이에요. 알아들을 수 있게 말해 봐……, 아!"

선형이의 룸메이트가 재빨리 방으로 들어갔다. 마지막에 아이는 작은 목소리로 "언니, 조심해요."라는 말을 덧붙였다. 환청 같기도 했다. 고개를 돌려 보니 복도 끝에서 GP선생님으로 보이는 사람이 걸어왔다. 40대로 보이는, 짧은 머리에 날카로운 눈매 그리고 키가 큰 여자 선생님이었다. 저 연령대라면 아마 G선생님일 것이다. 나는 괜히 무서워져서 얼른 뒤돌아 빨리 걸었다.

그때 선생님이 나를 불렀다.

"버니."

내 이름을 어떻게 알지?

"9그룹, 버니"

뒤돌아 고개를 푹 숙이고 대답했다. 잘못한 것도 없는데 무서웠다.

"네."

"다른 그룹에 너무 관심 두지 않도록 해."

"네?"

"어차피 너희는 저마다 갈 길이 달라. 곧 시설에서 나가야 하잖니?"

"네."

"보호 종료. 알지?"

"네."

선생님은 내 어깨를 두 번 툭툭 치더니 그대로 선형이 방으로 들어갔다. 선형이 룸메이트를 만나서 무슨 이야기를 하려는 걸까. 나랑 대화했다고 혼나는 것은 아닐까 걱정됐지만, 그보다도 오싹하고 괴상한 예감이 더 컸다. 기분 나쁜 소름에 몸을 부르르 떨며 우리 그룹이 있는 방을 향해 뛰어갔다.

내 방이 있는 곳은 4층. 복도와 계단이 유난히 길게 느껴졌다. 방에 들어와 문을 쾅 닫고 숨을 헉헉거리며 둘러보니 방은 비어 있었다. 햇님이는 이 시간에 또 뛰러 갔을 것이다. 물이 부족한 이때엔 수영 대신 달리기라도 더 많이 하는 수밖에 없을 것이다. 내가 햇님이를 알아 가는 동안 선형이에 관해서는 아는 게 줄었다는 사실을 깨달았다. 침대 위에 웅크리고 앉아 쿵쾅거리는 심장을 느꼈다. 왼손으로 티셔츠의 가슴 부분을 북북 긁으면서. 그렇게라도 해야 지나치게 거칠어진 심장 박동이 가라앉을 것 같았다.

나는 점점 이상해지고 있다. 정신이 점점 이상해지고 있다.

아니야. 몸도 마음도 다 이상해지고 있다.

훈련 배제 기간이 끝나자마자 나는 미친 듯이 일했다. 일에 집중한다. 훈련에 집중하고, 노동에 집중하고, 오염 구역으로 나가는 일도 자원해서 일부러 일을 늘린다. 그래도 잘 안 된다. 정신을 어디에 흘리고 온 듯하다. 자꾸 공허해지는데, 이걸 뭘로 채워야 될지 모르겠다.

"오늘도 오염 구역에 나가야 해. 바다가 끓는 때야."

"제가 나갈게요."

"버니, 너 요즘 무리하는 것 같은데."

"그냥요."

"저번에 징계받은 것 때문에 그런다면."

"아니에요, 그런 거."

"그럼 오늘은 라우드 선생님이랑 나가."

우리가 살아가는 녹조 지역에도 오염 구역으로 분류된 곳이 있다. 거기는 바다가 끓는다면 표현이 딱 맞다. 특히 이맘때엔 더러운 것이 부글부글 끓으면서 만드는 가스나 들끓는 균이 생기기 마련이다. 우리는 오염 구역으로 나가서 수질을 검사하고, 소독을 하고, 가끔 물속으로 들어가 상태를 직접 확인하기도 한다. 거기엔 아무것도 없다. 쓰레기와 위험한 균만이 모든 것에 녹아들 것처럼 둥둥 떠다닌다.

태인이는 매일 나를 의심스럽게 바라보지만, 특별히 말을 하지 않는다. 서윤이의 잔소리가 늘었고, 햇님이는 밤에 자주 깨곤 했다. 나도 밤마다 잠을 제대로 못 자기 때문에 햇님이가 깨는 것을 알고 있다. 내가 뒤척이는 소리 때문에 햇님이가 깨는 건 아닌지 미안했다. 하지만 햇님이는 내가 사라지지 않았다는 것을 확인하고는 다시 금방 잠들었다. 햇님이는 내가 사라질까 봐 겁나는 것이다.

어떤 일에든 매진하고 있지만, 머리에서 딴생각이 떠나지 않는다. 어떡하든 저쪽으로 가고 싶은 생각뿐이다. 시설을 떠나서 생활하고 싶은 게 아니다. 조금만 가면 만날 수 있는 새로운 세상이 있다는 사실을 알아 버렸기 때문이다. 듣고 싶은 이야기가, 보고 싶은 세상이 많아졌을 뿐이다. 하지만 이대로 가다간 나도 탈그룹 아이들이 될 것이다. 내가 원하는 것과는 다르다. 내가 원하는 건 그런 게 아닌데, 잘못하다가는 시설에서 나를 쫓아낼 수도 있다는 생각이 든다.

밤마다 잠을 제대로 자지 못하니 사람이 우울해진다. 힘도 잘 나지 않고, 웃음도 잘 나오지 않는다. 표정을 짓고, 대화하는 일조차 피곤하게 느껴진다. 수업 시간에는 오히려 자꾸 잠이 들었고, 노동 시간이나 훈련 시간에는 지나치게 쌩쌩해졌다. 균형이 사라진 생활이 길어졌다.

잠이 오지 않을 땐 맑은 바다를 생각했다. 그리고 자연스레 훈련장의 물이 떠올랐다. 그 물은 어디서 어떻게 와서, 아니, 그런 게 가능한 건 어떻게 된 일일까. 우리는 왜 훈련을 받아야 하는 걸까. 우리 공동체에서만 있는 일인가? 알 수 있는 방법은 생겼는데, 알 수 없는 것이 많아졌다. 나는 여기에 갇혀서 해조류처럼 흔들리고 있다. '갇혀 있다.' 내가 갇혀 있다고?

훈련장으로 향했다. 물속에서는 자유로워지니까. 나는 갇혀 있는 게 아니라고 느낄 수 있을 것이다.

선생님들의 감시를 피해 훈련장에 도착했을 때 물을 가르는 소리가 들렸다. 훈련장 불이 다 꺼져서 누군지 알 수 없었지만 누가 헤엄치고 있었다. 가까이 다가갈 엄두가 나지 않았다. 그때 물에서 검은 머리가 쑥 올라왔다.

태인이었다.

"아, 깜짝이야!"

"태인아?"

"버, 니?"

"너 왜 이 시간에 여기 있어?"

"너야말로."

물에서 나온 태인이와 의자에 앉아 한동안 말없이 발끝만 내려다봤다. 달빛이 전부였고, 우리는 발가락이 몇 개인지도 보이지 않는 곳에서 한참을 침묵했다. 훈련장의 물은 아무 소리를 내지 않았다. 다만 정화 장치가 돌아가는 소리가 우우우웅 들려왔다. 밤의 수영 훈련장은 아주 작은 소리도 크게 울렸다.

"너 요즘 왜 그래?"

태인이가 말을 걸어왔다.

"뭐가?"

"지나치게 일에만 몰두하고 있잖아."

"잡생각을 안 하고 싶어서 그래."

"무리하고 있어, 너."

"응. 알아."

"그렇게까지 생각하고 싶지 않은 게 뭔데?"

"생각하면 안 되는 거."

"······마마 지구지?"

"······."

오랫동안 함께해 왔던 친구는 모든 것을 눈치채고 만다. 아무리 숨기려 해도 숨길 수 없는, 트릭 같은 것조차 필요 없는 사건처럼 선명하게 보이는 것이다.

"탈그룹 아이들. 자꾸 걔들이 생각나서."

"그럴 줄 알았어."

태인이가 몸의 긴장을 풀려는 듯 발을 물에 담갔다. 태인이가 발을 앞뒤로 흔들자, 찰박찰박 소리가 났다. 그때 뒤에서 누가 나타났다. 그리고 우리를 물에 밀어 넣었다.

"으아아악!"

"뭐, 뭐야!"

서윤이가 뾰로통한 얼굴로 우리를 바라보고 있었다.

"둘이서만 비밀 얘기 하려고 사라진 거야?"

우리는 물을 먹고 한참 동안 콜록거리다가 푸하하하 웃어 버렸다.

그리고 셋이서 물속을 유유히 떠다녔다. 선생님이 우리를 발견해도 괜찮다. 어떤 징계를 받게 된다고 해도 괜찮다. 바깥의 아이들처럼. 어쩌면 그 아이들은 모를 자유로움을 물속에서 그리고 물 위에서 느꼈다.

전부 마마 지구에서 시작되었다. 우리가 마지막 깃발을 넘어가면서 시작된 일이다. 맑은 물을 만나면서 시작된 혼란이다. 그 속에서 우리 쪽 배관을 발견했고, 탈그룹 아이들을 만났기 때문이다. 누구의 잘못도 아니지만, 나는 다시 거기에서 이 모든 혼란을 해결해야 한다.

훈련장에서 셋이 물에 떠다닌 일은 들키지 않았다. 누가 봤다고 해도 크게 문제가 될 일은 아니었지만, 우리 이야기를 선생님이 들었다면 문제가 됐을 것이다. 그날 밤 당장은 시설 밖으로 나가지 않았다. 잘못된 것은 없다. 그저 여전히 궁금한 게 많은 내가 문제다.

태인이와 서윤이가 도와주기로 했다. 우리끼리 한 번 더 배관을 살펴보겠다고 말해 보기로 한 것이다. 우리는 나름대로 작전을 짰다. 태인이가 선생님을 찾아갔다.

"선생님, 저희 배관을 한 번 더 살펴보고 싶어요."

"갑자기 왜?"

"저번에 서윤이랑 저랑 같이 나갔을 때, 좀 불안한 곳이 있었거든요."

"어디였지? 너희가 나갔던 데가."

"7~8라인이요."

"음. 거기가 본래 물이 고였다 나가는 데 오래 걸리는 곳이긴 하지."

"그래서 오늘은 저랑 버니가 나가 보고 싶어요. 아무래도 저랑 버니가 제일 경험이 많으니까."

"버니랑?"

G선생님은 내가 선생님의 감시에서 벗어나는 것을 걱정하는 듯했다. 그래서 우리는 서윤이까지 셋이서 팀으로 들어가겠

다고 했다. 그러자 선생님은 마지못해 허락했다.

저번과 같은 경로였다. 최대한 빠르게 헤엄쳐서 마마 지구의 해안에 닿았다. 이번에는 지난번 기억을 더듬어 드럭과 최대한 가까운 해안에 도착했다. 피원이나 제트 같은 아이들이 없다면 당황스럽겠지만, 일단 향한다. 가서 확인해야 할 것이 너무나 많다.

P1은 없고, Z1과 B2가 있었다. 비비 언니라고 부르지 말라기에 일단 B2라고 했지만, 나는 역시 언니라는 단어가 더 좋다.

B2와 함께 저번에 만났던 시설 출신 20대들을 기다렸다. 저녁인데도 뜨거운 태양이 영원히 지지 않을 것처럼 떠 있었다. 이건 마마 지구도 똑같구나, 생각하니 안도와 함께 또 의문이 생겼다.

"마마 지구 사람들은 왜 잘사는 거야?"

"잘산다고?"

"그러니까. 어…… 적어도 우리 공동체보다는 잘산다고 알고 있거든. 사과도 사 먹을 수 있고 말이야. 꼭 사과가 아니더라도 과일들. 그런 것도 먹고 산다고 알고 있어."

"푸……, 역시. 여전히 그렇게 알려 주고 있구나."

비비 언니가 바람 빠지는 소리를 내면서 이상한 표정을 지었다.

"여기는 잘사는 사람도 있고, 못사는 사람도 있어. 공동체가 아니니까, 다 같은 일을 하고 같은 걸 먹고 그러는 게 아니야."

"그러면?"

"자기가 하는 일이나 타고난 가족의 잘남 또는 못남의 차이?"

"잘남과 못남이라고 하니까 좀 불쌍하다?"

어디서 키가 훌쩍 큰 남자가 등장해 비비 언니에게 딴지를 걸었다.

"너 수영한다며?"

"아, 네."

"9그룹? 10그룹?"

"어?"

"나도 시설 출신이야. 한때는 나도 너처럼 바다를 누볐다! 지금은 겨우 잘나신 분들 수영 강습이나 하며 살지만."

"어······."

"나는 스물둘이고, R7. 드럭에 온 지는 1년쯤 됐어. 마마 지구에서 일한 지도 1년 정도 됐고. 수영을 할 줄 아니까 먹고사는 데는 지장이 없더라. 우리는 생존을 위한 스킬을 배우잖아."

"맞아……요."

"그러니까 웬만하면 우리만큼 수영하는 사람들도 없거든. 전문가인데, 자격증이 없는 전문가일 뿐이야. 그래서 나는 잘사는 동네 수영장에서 강사로 일해."

"어쩌다가, 그러니까 어떻게 여기에 와서 그런 일을……. 아, 그러니까 R7 오빠는, 저, 오빠라고 해도 돼죠?"

"그럼."

"그러니까 오빠는 바다 탐험대에 들어가지 않았어요? 다른 곳에 갔었어요?"

"나는 동굴 탐험대."

"왜요?"

"바다랑 동굴이랑 이어져 있는 경우가 많거든. 나는 그런 데를 탐사해 보고 싶었어. 그들이 말하는 것이 모두 진실인 줄 알았을 때 말이야."

"그들? 진실이요?"

"그래. 지구 공동설. 그들도 믿고 싶어서 믿는 거겠냐만은."

"그럼 틀린 거예요?"

R7 오빠가 산 언니 같은 표정을 지었다. 조금 안쓰럽다는 듯, 기특하다는 듯, 알 수 없는 표정이었다. 그리고 내가 아주 잘 아는 표정이었다.

"틀린 것도 아니지만 맞는 것도 아니지."

"그게 뭐예요."

"뭔가 알고 싶어서 여기 온 거지?"

비비 언니가 물었다.

"네."

"그럼 그냥 뭐든 가능할 수 있다는 생각으로 들어. 너무 많은 이야기고, 무척 간단한 이야기니까."

비비 언니가 말을 마치고 슬쩍 옆을 바라보자 R7 오빠가 이어서 이야기했다.

"우리가 기초 기계 공학을 배우면서 정말 단순한 지구 과학은 제대로 배운 적이 없는 이유와 같지. 아주 간단한 거야."

"뭐가요?"

"지구 안에 다른 땅이 있을 확률은 너무나 낮다는 거. 그래서 사실 공동체에서 하고 있는 일은 너무나 무모하다는 거. 글쎄, 나한테는 '의미 없음'이었으니까."

"없다고요? 그럼 왜 우릴 그렇게 키워요? 모두들 스무 살이 되면 알 수 없는 곳으로 나가야 하잖아요."

"처음 듣는 이야기에 대한 반응치고는 괜찮은데? 얘길 더 해도 되겠어?"

R7 오빠가 말하자 다른 사람들도 하나둘 모였다. 모두 시

설 출신, 그러니까 우리 공동체 출신이라고 했다. 여기서는 '시설 출신'으로 통칭되고 있었다.

"속이 빈 지구를 생각해 볼래?"

"응."

"그리고 네가 발을 딛고 있는 땅의 중력을 느껴 봐."

"네."

"바닷물이 우주로 쏟아지지 않는다는 것 말이야."

"바닷물이 우주로?"

"그게 중력이잖아."

"중력……. 중력은 모든 물체는 땅으로 떨어진다, 지구에는 내부로 끌어당기는 힘이 있다, 그게 다가 아니에요?"

"이거 봐. 오늘 이야기는 무지 길어질 거야."

'속이 빈 지구'라는 건 오늘 처음 듣는 표현이었다. 우리가 지구 공동설을 믿는 데에는 특별한 이유가 없었다. 그게 맞다고, 그게 있다는 걸 증명하기 위해 존재하는 공동체니까 오히려 믿음은 필요 없었다. 전제를 깔아 두고 그것을 증명해 나가는 과정에 있는 사람들이다. 지진이나 해일 같은 것, 그러니까 중력과 관련된 여러 일을 더 자세히 알 필요는 없었다. 그냥 어떤 힘이 있다고, 지구는 힘이 있고, 모든 행성에는 그런 힘이 있다고, 그래서 둥글게 뭉쳐 있는 거라고만 배웠다. 그렇게만 알고 있어도 우리 세상은 그다지 궁금한 것 없이 넘어갈 수 있었다. 그랬던 것 같다. 우리는 궁금증을 품기 전부터 실전 훈련을 받고, 일을 한다. 가치 있는 노동의 의미를 찾는 것이 더 쉬웠다.

그런데 이곳에서는 전혀 다른 이야기만 하고 있다. 그러니까 여기 있는 언니 오빠들은 우리가 찾아야 한다고 생각했던 모든 것을 버리고 여기에 와 있는 것이다. 여기는 평균적인 세상도 아니고, 공동체도 아니고, 공동생활을 하는 곳도 아니다. 그렇지만 내가 있던 곳이 평균적이라고는 절대 말할 수 없다는 것을 알아 버렸다.

보내는 사람: 버니(hoppinbunny@insideearth.cap)

받는 사람: 산(sanissan@insideearth.cap)

제목: 나는 위기 상황이야

언니, 나는 위기 상황이야.

마마 지구에 세 번째로 다녀왔어. 아니, 탈그룹 아이들을 세 번째로 만나고 왔어. 나는 그동안 서른 번, 마흔 번, 아니, 삼백 번도 더 그곳에 다녀온 기분이야. 그렇다고 거기에 있고 싶은 건 아닌데, 시설에 더 있고 싶은 것도 아니야. 어차피 곧 어디로든 떠나야 하지만 그때까지 내가 뭘 해야 될지 모르겠어.

그러고 보면 우리는 지구 공동설을 아무 의심도 없이 받아들였어. 너무 어릴 때부터 들어 왔기 때문일까? 하지만 어떤 것도 의심하지 못하는 상태로 자랐다는 건 정상적이지 않아. 그래서 탈그룹 아이들이 더 이해됐어. 나이가 들수록 머리가 클수록 의심과 질문이 많아지는 게 당연하잖아. 그러나 우리는 일상을 유지하는 데만 길들여져 있어.
언니, 언니가 아무 연락이 없는 이유가 탈그룹 아이들이 말한 그런 것 때문이야?

정말로 거기에 아무것도 없다면 언니는 어떻게 버티고 있는 거야? 언니는 아무것도 없다는 결론이 나와도 괜찮아? 나는 하나도 안 괜찮아.

아무것도 없다는 거. 무엇이든 될 수 있다는 것과는 다르잖아. 우리는 바다든 동굴이든 어디든 가서 낯설지 않은 환경에서 작업하기 위해 길러진 거야. 그치? 아무 의심 없이 그냥 일하면 되는 거지. 그런데 나는 이미 수많은 의심과 불안에 휩싸였어.

알아. 언니랑 연락이 닿는다고 해서 내가 있을 곳이 정해지는 것은 아니겠지. 내가 있어야 할 곳을 알려 줄 수 있는 사람은 없어. 그러니까 결국에는 내가 선택해야 해. 나는 내가 할 수 있는 것에 집중하고 있어. 그러다 보면 흘러 흘러 어디에 도착해 있을지도 모르지.
이제는 모든 게 너무 달라져 버렸어.
하지만 내가 선택해야 하는 곳은 그대로야.

언니가 보호 종료 기간일 때 몹시 외로워했던 게 기억나. 여길 떠나게 되어 그렇다고만 생각했는데……. 꼭 그런 이유 때문만은 아니었다는 걸 알겠어.

언니, 나는 나의 선택을 할게. 그리고 결정하게 되면 언니한테도 알려 줄게.
나는 내 답을 바다에서 찾을 거야.

6장

보호 종료

바닷가에서는 태인이와 서윤이가 기다리고 있었다. 서윤이는 불안한지 바닥을 보며 서성거리고, 태인이는 모래밭에 앉아 있었다. 아직 해가 떨어지지 않았다. 밤 9시였다. 10시에는 소집이 있다. 이제 우리가 돌아가야 할 시간이다. 시설, 시설로 돌아가 우리의 하루를 마무리해야 한다.

마무리할 만한 게 있는지도 모르겠는데, 하루를 마무리해야 한다니.

시설 가까이에 도착해서야 헬멧을 벗었다. 실은 이 헬멧도 물속에서만 쓰면 되는 거 아닐까? 모든 일에 의심이 생긴다는 건 마음이 힘들어지는 거구나. 이럴 때 앞서서 이끌어주는 사람이 있으면 좋겠다. 무엇이든 정해 주는 사람, 적어도 선택의 폭을 줄여 줄 사람, 이런 게 있다고 알려 줄 사람. 선생님들은 그런 존재가 아니라는 게 우습고 무서웠다.

우리는 언니들이 있어서 살아남았다. 빚진 마음 대신에 고마워하는 마음으로 언니들을 다시 만나고 싶다. 그러려면 내가 가야 할 곳은 바다, 또는 산 언니가 있는 지하다. 나는 어디로 가야 할지만 정하면 될 줄 알았는데, 그곳에는 이유가 있어야 한다. 이유가 없이 떠났다간 나도 탈그룹을 할지 모른다.

"그곳에서 이유를 찾을 수도 있겠지."

R7 오빠 말이 다시 들리는 듯했다.

"응. 나쁘다고 말하는 게 아니야. 알려 주지 않은 게 너무 많아서, 그 배신감을 이길 수 없었을 뿐이야."

비비 언니의 말도 떠올랐다.

태인이와 서윤이가 먼저 장비를 반납했다. 내가 꾸물거리며 슈트를 벗고 있을 때 뒤에서 기척이 느껴졌다.

"버니야."

"네."

갑자기 나를 부르는 G선생님의 목소리에 놀랐다.

"힘든 거 있으면 말해도 돼."

"네?"

"요즘 너 되게 이상하잖아. 어디에 빠져 있는 사람처럼."

정신이 빠져 있고, 다른 데에 마음이 푹 빠져 있는 건 맞아요, 라고 절대 말할 수 없다.

"괜찮아요."

"4그룹 애들이 여전히 괴롭히니?"

"아뇨."

4그룹 애들은 더는 내가 상대할 애들이 아니다. 이제는 걔네도 나에게 관심이 없다. 우리는 모두 보호 종료를 앞두고 있기 때문에 성적에 연연하고 갈 곳을 찾기에 바쁘다. 적어도 열여덟인 아이들은 모두 어디에 빠져 있는 것처럼 행동하고 있다. 그 중에서도 내가 눈에 띄었다는 건 좋은 일인가 아닌가. 어쩌면 모두 당연한 생각을 하고 있는 것이다.

나와 태인이가 떠나면, 서윤이는 홀로 열여덟이 된다. 햇님이는 앞으로 더 많은 시간을 시설에서 보낼 것이다. 내가 보내온 시간과 같지만, 이제는 같다고 생각할 수 없다.

햇님이가 방에서 나를 기다리고 있었다. 내가 언니를 기다릴 때 표정이 저랬을까 상상해 본다.

"언니."

"응."

"언니도 이제 곧 떠나겠네요."

"응. 하지만 서윤이가 있잖아."

"하지만 나는 아직 열다섯이잖아요. 이제 겨우 열여섯이 되는데, 새로운 애가 온다는 건 나보다 어린 친구가 온다는 건데."

"그럴 수도 있고, 아니면 그룹을 정하지 못한 열여섯 살짜리가 들어올 수도 있지. 그룹을 바꾸는 경우도 있고 말이야."

웃으면서 햇님이 머리를 쓰다듬었다. 그때 햇님이가 폭 안겨 왔다.

"나는 언니 같은 언니가 있으면 좋겠어요."

"나도 그랬어."

햇님이가 훌쩍이는 소리가 들렸다. 그새 정이 들었느냐고 묻고 싶었지만, 이 순수한 마음에 나는 무엇을 해야 할지 모르겠다. 마음이 발가벗겨진 것 같았다. 내가 언니에게 안겨 울어 본 적이 없어서? 어쩌면 마음으로 그랬던 적이 수백 번이라서 그럴 것이다.

"내가 너한테 좋은 언니였으면 좋았을 텐데."

"응? 그럼 안 좋은 언니라고 생각해?"

"좋은 언니도 아닌 것 같아서."

"진짜 바보 같은 소리만 해."

햇님이는 끝내 큰 소리로 엉엉 울었다. 옆방에서 태인이와 서윤이까지 뛰어올 정도로 우아아아앙 하고 터뜨린 울음이 나에게까지 옮아 왔다. 고마운 마음과 산 언니가 보고 싶은 마음이 뒤섞여서. 나도 언니가 필요한데, 내가 언니여야 하는 버거움까지 섞여서 눈물이 나고 말았다.

태인이는 우리를 보며 웃었고, 서윤이는 어색하게 서서 "뭐야. 너네 오늘 왜 그래?" 하고 당황스러워했다. 어떻게든 이 상황을 해결해 보고 싶어 뚝딱거리는 서윤이가 고장 난 로봇 같았다. 결국 모두 웃음을 터뜨리며 상황은 마무리되었다. 오히려 나중에는 서윤이가 울 것 같은 표정을 지었고, 모두가 서로를 안아 주었다.

태인이와 나는 곧 이곳을 떠나야 하고, 햇님이와 서윤이는 남아야 한다. 태인이는 어디로 갈지, 나는 어디로 갈지 하나도 정해지지 않았지만, 모두 당장 내일 떠날 것처럼 가슴이 울렁거렸다. 좋지도 나쁘지도 않은 이 울렁거림이 얼마나 오래갈지 조금은 겁이 난다.

열아홉이든 스물이든 나이 한 살 더 먹는다고 갑자기 어른이 되는 것도 아닌데, 우리는 시설 밖으로 나간다. 물론 그곳에도 우리보다 먼저 적응한 사람들이 있을 것이다. 시설에서 우리를 돌봐 주었던 언니들처럼 그곳에도 언니 오빠들이 있겠지. 하지만 그때부터는 온전히 혼자가 될 것이다. 우리는 훈련 시간 내내 '혼자!'라는 말을 듣는다. 그곳에선 그룹이 아니라 팀이고, 함께 먹고 자고 하는 사람들에 지나지 않는다는 것을 배워야 한다는 뜻이겠지. 생각하면 소름이 돋는다. 나는 아직 오롯이 홀로 선다는 게 뭔지 모른다. 그런 채로 보호 종료를 맞이해야 한다.

잘못한 것도 없이 벌을 서는 기분이고, 해결하지 못할 문제 앞에 서 있는 기분이다. 한 살 더 먹는다고 뭐든 뚝딱뚝딱 잘할 수 있는 건 아니잖아! 외쳐 보고도 싶다. 하지만 어디에 대고 외쳐야 할지 모르겠다. 어디에 대고 따져 물어야 하는지도 모르겠다. 그래서 탈그룹에 오게 되었다는 사람도 있었다.

초가 다 녹기 전에 불이 붙어 있는 실이 바깥에서 다 타 버리는 경우가 있다. 다 쓰지 못한 초를 가지고, 촛농을 쏟아 그 안에 있는 실을 마저 쓸 때가 있다. 불이 잘 붙지 않는다. 그러다 불을 붙이려는 손가락을 델 때도 있다. 나는 내가 다 쓰지 못한 초 같다. 실이 애매하게 남아서 더 써야 할지 버려야 할지 고민하는 상태. 나는 나를 그렇게 느낀다.

그러나 시설에서는 우리를, 나를, 다 완성된 초처럼 생각한다. 잘 완성되어서, 잘 굳어서, 심지가 굳어서 또는 길어서, 이제는 어디로 보내도 되는. 그래서 대부분은 안정적인 듯이 보인다. 시설 퇴소를 위한 마지막 심리 검사를 앞두고 있다.

자신이 없다.

갑자기 혼자 살아남아야 한다니, 잔인하잖아. 내 분노가 그대로 드러날지 모른다.

어떤 결과가 나올까. 만약 '어느 곳에도 적응 못 할 인간입니다.'라는 결과가 나오면 어디로 가게 될까. 그동안 열심히 해 온 훈련이나 최소한으로 지키려 했던 성적은 아무 상관이 없어지는 걸까. 그게 나를 뭐라고 부를 수 있을까. 적어도 내가 나일 수 있을까. 선생님들은 말한다. 우리가 어른이라는 걸 받아들여야 한다고. 이제는 모든 일을 우리 스스로 돌보고 책임질 수 있어야 한다고. 하지만 그런 거라면 우리에게 가르쳐 줬어야 했다. 어떻게 해야 그럴 수 있는지.

수영을 잘하고, 더 오랫동안 잠수를 하고, 아무것도 보이지 않는 바닷속에서도 잘 헤엄치고, 사냥을 하거나 배수관을 찾는 방법만 가르쳐 주었다. 그건 생존의 기본을 가르쳐 준 일이겠지만, 그것만으로는 충분하지 않다. 그런 건 살아가면서 나중에 천천히 알아도 되는 것이 아닐까. 우리는 너무 일찍 살아남는 법만 배웠다. 자유나 책임에 관한 것은 전혀 배우지 못한 기분이다. 그런 점을 탈그룹 아이들과 만나고 온 뒤에 알았다.

그 분노가 자꾸 가시질 않는다. 내려가지 않는다. 소화되지 않는다. 자꾸 명치께에 얹혀서 마구 뒤엉켜 있는 느낌이다.

그리고 자꾸 어른이 되라는 강요가, 어른이 되기 싫게 만든다. "어떻게 하는 건지도 모르는데 하라는 거야!" 소리를 지르고 싶다. 물론 그러지 못하는 이유는 어느 곳에도 속하지 못하게 될까 봐 그렇다.

더는 의존하지 말라는 뜻. 자립하라는 뜻. 우리는 알게 모르게 그런 것들을 강요당하고 학습당한 것이다. 하지만 그것은 고립과 다를 바 없다. 우리는 고립되어도 살아남을 수 있는 방법을 배웠을 뿐이다. 같이 살 수 있는 방법을 배우는 것이라고는 하지만, 멸망해 가는 지구에서 모두가 잘 사는 방법은 이렇게 공동체 생활을 하는 것뿐일까? 다른 방법은 없을까? 우리는 생각하는 방법을 배우지 못했다. 그것이 가장 화가 나는 지점인지 모른다.

애초에 우리는 의존해 본 적이 없다. 서로에게 의지해서 살아왔다. '공동체'는 그래야 하는 거 아닌가?

우리가 배워 온 여러 기술.

그것이야말로 생존의 정반대에 있다. 그러니까 기술을 거부하면, 그땐 선택마저도 할 수 없을 것이다.

이성적으로 생각하자. 이성적으로. 하지만 이성에 관해서 배운 적이 없는데, 이성적으로 생각할 수 있을 리가 없다.

침대에 눕기 전에 내일의 날씨를 생각한다. 오늘 하루를 곱씹어 본다. 이불 속으로 들어가면 모든 것이 멈추고, 괜찮아질 것만 같다. 햇님이는 오늘도 내 쪽을 보고 옆으로 누워 잠들었다. 얼굴이 발그레하다는 생각을 했다. 저 붉은 마음은 어디에서

오는 것일까.

우리는 상처가 생기지 않는 한 치료를 제대로 받지도 못한다. 약이 없다거나 물품이 부족해서라는 말조차 듣지 못한다. 그리고 내가 상상했던 마마 지구는 전혀 달랐다. 잘난 사람들만 갈 수 있는 곳인 줄 알았던 곳에서 우리 또래들이 알아서 살아가고 있다. 밴드를 붙이고, 머리를 물들이고, 아무렇지 않게 할 수 있는 일들이 왜 여기서는 안 되는 건지 생각해 본다. 손끝이 차갑다. 오늘도 무서웠지만, 무섭다고 말하지 못했다.

물속은 자유로웠지만, 오염된 물속은 무서웠다.

내일 입을 옷을 꺼내 의자에 걸쳐 두었다. 날마다 비슷한 옷을 돌려 입는다. 산 언니는 특이한 옷을 잘 입었는데, 무척 잘 어울렸다. 언니는 8그룹 친구를 통해서 옷을 얻어 오곤 했다. 그 친구도 언니와 함께 보호 종료가 되었는데, 어디로 갔는지는 모른다. 언니가 지하에 간 것도 언니가 말해 주었을 뿐, 정말로 지하를 선택했는지는 모른다.

모른다! 정말 그렇다. 언니가 어떤 곳을 선택했을지는 나는 정말 모르는 것이다!

메신저를 꺼내 태인이에게 메시지를 보냈다.

버니: 어디로 갈지 생각해 봤어?

태인: 나는 벌써 정했어.

버니: 어디로?

태인: 바다로 갈까 해.

태인이가 답했다. 나는 고개를 끄덕였다.

버니: 하긴 넌 언제나 훈련에서 1등이었으니까.

태인: 그것 때문은 아니야.

버니: 그럼?

태인: 그게 아니면 뭘 해야 할지 모르겠어.

우리가 배워 온 것들이 결국 우리를 규정한다. 그렇다고 해서 우리를 수영이나 물로 정의할 수는 없다. 그저 설명할 뿐이다. 그러나 우리는 그 길로 가야 한다는 압박 속에서 자란다. 태인이는 그것에 타협하기로 한 걸지도 모른다. 타협이 아니라 강제된 것이라고 해야 할 것 같다. 태인이는 다른 길을 생각해 본 적이 없는 것처럼 수영을 해 왔으니까. 실은 우리 모두가 그래 왔으니까.

그런데 나는 자꾸 다른 길이 생각난다. 다른 길이 있을 수도 있다는 생각을 멈출 수가 없다. 그래서 잠을 잘 수 없는 것이다. 그래서 자꾸 물속으로 뛰어드는 일밖에 할 수 없다.

GP선생님들에게 상담을 요청해 볼까도 했지만, 그건 역시 아니다. 라우드 오빠 같은 사람에게 물어볼 수도 없고, 내가 금지 구역까지 나갔다 온 걸 신경 쓰는 G선생님에게 말할 수도 없다. 나머지 P선생님들도 그렇다. 공부를 잘해서, 또는 기술이 좋아서 선생님으로 시설에 남을 수 있었던 케이스다. 우리에게 가르쳐 줄 기술이 있는 사람들. 그게 전부다. 나는 더 많은 걸 물어보고 싶다. 당신들은 여기서 이렇게 사는 게 만족스럽나요? 진짜, 이게 삶이에요?

하지만 그런 질문은 어느 누구에게도 할 수 없다. 산 언니에게서는 연락이 없고, 햇님이는 아직 너무 어리다. 매일 부유하고 있는데도 멈춰 있는 느낌이다. 돌처럼 딱 굳어서 어디로 움직이지도 못하는 상태. 부어 놓았던 시멘트가 굳어서 넘어지면 상처만 입는, 내가 그런 존재인 것만 같다.

GP선생님들과의 상담은 피할 수 없다. 그건 나도 마찬가지고, 선형이도 마찬가지고, 4그룹 애들도 그렇다.

이튿날 일어나자마자 G선생님과 면담을 했다.

"그래서 다른 걸 생각하고 있니? 동굴이나. 그쪽으로도 많이 가긴 한다."

"아뇨. 잘 모르겠어요."

"네 실력이면 바다로 가도 돼. 충분히."

"네."

"다만 걱정되는 건."

"제가 돌발 행동을 할까 봐 그런 거죠?"

"알고 있니? 네가 지금 얼마나 아슬아슬한지."

"알고 있어요. 그래서 거처를 정하지 못하는 것 같아요."

"네가 할 수 있는 일 하나만 생각해. 네가 잘할 수 있는 것."

내가 할 수 있는 일. 왜 그것 하나만 생각해야 하는 걸까.

내가 할 수 있는 일은 더 많을지도 모르는데.

제목: 꿈을 많이 꾸는 요즘이야

언니, 나는 바다로 갈 거야. 아마도.

어디로 가야 할지는 내 마음이 이미 알고 있었던 것 같아. 알면서도 불안했을 뿐인 거지. 내가 잘못 선택한 거면 어떡하지? 그다음엔 또 뭐가 있지? 언니랑은 영원히 연락할 수 없는 걸까? 그런 걸 생각하게 됐으니까 말이야.

언니는 나한테 그런 걸 한 번도 얘기하지 않았잖아. 언니랑 동갑인 친구들이랑도 이런 얘기 안 했어? 예를 들면 10그룹의 라우드 오빠나 미연 언니 같은 친구들.

나는 태인이랑 이런저런 얘기는 하면서, 정작 내가 얼마나 불안한지는 얘기한 적이 거의 없는 것 같아. 걔도 불안할까? 불안하겠지? 떠나기 전에는 꼭 내 마음을 이야기할 거야. 나는 바다를 선택했지만 그게 답인지는 모르겠다고. 너무 불안하고 혼란스럽다고.

언니, 나는 특별하지 않은 삶을 살 거야. 아마도.
다른 길을 배우지 않았으니까.

난 바다로 가는 게 싫지는 않아. 내가 잘못된 선택을 할까 봐 무서운 거야.

그러니까 언니, 언니가 그때 정말 무서웠다고 해도, 그때 선택을 후회한다고 해도 이해해. 그리고 앞으로 언니가 새로 선택할 수 있는 것을 생각했으면 좋겠어. 제일 중요한 건 언제나 다음이 있다는 사실이야.

잊지 마.

언니의 토깽이, 버니가

7장

바다 혹은

마지막으로 마마 지구에 한 번 더 다녀오기로 했다. 이번에도 태인이와 서윤이가 도와주기로 했다. 우리끼리 장비실에서 쑥덕거리고 있는데 뒤에서 G선생님이 나타났다.

"오늘은 햇님이도 데리고 나가."

"햇님이요?"

"응. 햇님이도 이제 끓는 바다 시즌에 적응해야 해."

"저희는 이렇게 일찍 들어가지 않았던 것 같은데요?"

서윤이가 말했다.

"곧 둘이 나가니까, 빈자리는 메워야지."

선생님의 결정이었다. 더는 우리가 반박할 수 없다.

"우리는 햇님이가 같이 가는 게 싫은 게 아니에요. 걱정되는 거지."

"선생님들도 회의해서 결정한 거야."

적어도 나는 그리고 태인이와 서윤이는 열다섯에 끓는 바다에 들어가 본 적이 없다. 의문을 품었을 뿐이다. 그러나 선생님은 더 이상 설명이 없었다. 웬만해선 많은 이야기를 하지 않는 게 어른들의 특징이다. 우리는 추측할 뿐이다. 우리가 떠난 뒤에 서윤이 홀로 8그룹을 이끌기는 어려울 수 있다는 생각이겠지. 우리는 햇님이를 걱정하는데, 우리가 구구절절 설명할 틈을 주지 않는다.

이번에는 태인이도 함께 마마 지구에, 탈그룹 아이들에게 다녀오기로 했다. 바다로 떠나기 전 그 맑은 바다를 다시 한번 보고 싶다는 것도 이유였다. 서윤이도 따라가고 싶어 했지만, 햇님이와 함께 시설 쪽 상황을 알려 주기로 했다. 갑자기 GP선생님들이 나타나기라도 하는 날에는 우리가 어디로 억지로 차출당할지 모를 일이었다.

그러고 보면 바다도 동굴도 지하도 아니면 어디로 가는 걸까. GP선생님도 아니고 관리자도 아니면, 보육원이나 시설 경비 팀으로 갈지도 모른다. 그것도 아니면, 그것도 아니면⋯⋯. 나는 진작에 선생님들에게 위험인물로 찍힌 듯하다. 그러니까 경비 팀으로는 더더욱 아닐 것이다. 어디에도 속하지 못하게 되면 나는 어딜 떠다녀야 할까. 그때는 정말로 탈그룹이라도 해야 하는 걸까. 나에게는 너무 많은 질문이 있고, 질문들은 모두 위험했다. 내 안에서만 굴러다니는데도 티가 날까 봐 불안했다. 이 불안은 나에게서 오고, 바깥에서도 온다.

우리는 먼저 큰 깃발을 향해 단숨에 헤엄쳐 갔다. 그 어느 때보다도 빠른 속력으로 마치 추진 장치라도 단 것처럼 우리는 최대한 빨리 갔다.

그리고 탈그룹의 드럭에 도착했을 때 무언가 일이 잘못되었다는 것을 깨달았다. 아이들도 생필품들도 모두 사라지고, 아이들의 분홍색 옷도 없었다. Z1도 P1도 없었다.

어디서 들이닥친 경비대에, 우리는, 잡혔다.

먼저 아이들에게 메시지를 보내야 한다. 급하게 왔다 갔다 하며 교신을 하는 그들 사이에서 내가 태인이 뒤에 서서 서윤이에게 s 한 글자를 겨우 보냈다. 호송차에 오를 때 여러 가지 일들이 머릿속을 스쳐 지나갔다.

처음 태인이를 만났을 때, 산 언니와 헤어지던 날 그리고 햇님이가 숙소에 들어왔던 날. 그리고 물 위에 떠 있던 감각을 떠올렸다. 우리는 자유로웠고, 구속되어 있었다. 물에 갇힌 사람들처럼 떠 있었다. 아이러니하다.

처음 물속에 갇혔을 때도 생각났다. 첫 수영 수업은 아니었고, 세 번째쯤이었던 것 같다. 제법 물에 친해졌다고 느낄 무렵이었다. 그래서 더 그랬는지도 모른다. 다리에 쥐가 나서 아무것도 할 수 없었다. 물 위로 올라갈 수가 없어서 소리도 낼 수 없었다. 그때 태인이가 나타나서 나를 끌어 올렸다. 나는 그때의 해방감을 잊지 못한다. 다시는 물속에 들어갈 수 없을 줄 알았는데, 이상하게 그 감각이 무척이나 시원했다. 답답함에서 해방감으로. 나는 그날 일을 잊을 수가 없고, 태인이는 그런 나를 "변태다!" 하고 놀리곤 했다. 그런 태인이와 함께 호송차에 오른 것이다. 우리는 잘못한 게 없는데, 이상한 까만 차에 태워져 어디로가고 있다.

"어디서 왔지?"

"시설에서요."

"시설에서 왜 탈출했지?"

"탈출한 게 아닌데요."

"뭐?"

"그냥 헤엄치다 보니 여기까지 오게 됐을 뿐이에요."

"……."

조사관으로 보이는 사람이 정말 그게 다냐는 표정을 지었다. 무엇을 조사하시려는 건지도 모르겠는데, 제가 무슨 말을 더 해야 할까요? 물을 수도 없는 표정이다.

"그게 다야?"

역시. 멍청하다. 어른들은 전부 멍청한 것 같다.

"네."

"두 사람이 같이 온 이유는?"

"혼자서는 위험할 수 있으니까요."

태인이가 말을 가로채듯 대답했다.

"몇 살이야?"

"열여덟이요."

"곧 시설에서 나갈 아이들이군."

우리는 그제야 무서워졌다. 이들이 시설에 관해 어디까지 알고 있는지 모르기 때문에. 우리에 관해 얼마나 잘 알고 있는지, 또 얼마나 모르고 있는지 모르기 때문에. 어디까지 말해도 되는지 알 수가 없다. 말해도 되는지, 말하지 않는 편이 더 나쁜지도 알 수 없다. 모르는 게 너무 많아서 억울하다. 나는 자꾸 억울해진다.

"그런데 여긴 왜 왔어. 거긴 탈그룹 애들이 있던 곳이야."

"걔들을 만나 보고 싶었어요."

"뭐?"

황당해하는 표정에 도대체 뭐가 잘못된 일인지 알 수 없어 눈물이 고였다. 아, 어떡해야 하나.

"탈그룹 애들 중에 우리 시설 출신들이 있다 그래서……."

"도대체 왜 시설을 탈출했느냐고 묻고 싶었어요. 우리는 시설에서 사라진 애들을 본 적이 없단 말이에요."

태인이가 말을 이어 줬다.

"진짜 황당할 정도로 솔직한 애들이네."

"우리도 황당해요! 당황스럽다고요. 우리가 뭘 잘못했다고 이런 데 끌려와야 해요?"

"맞아요. 아무 설명도 해 주지 않았잖아요."

"너희는 시설에서 나오면 안 되는 아이들이잖아. 그래서 잡아 왔을 뿐이야."

"잡아 왔다고요? 우리가 무슨 동물이에요? 무슨 병균이나 옮기는 애들이냐고요!"

속에서 참아 왔던 것들이 터져나왔다.

"드럭에 있던 애들은 일단 모두 흩어졌다."

"네?"

"우리가 오기도 전에 사라졌어. 너희는 걔들을 만날 수 없을 거야."

"……."

"너희도 탈출하려던 거 아니냐?"

"아니에요. 그런 게…… 그런 게 아니란 말이에요."

"정말로?"

"정말이라니까요!"

이번에는 태인이가 화난 목소리로 대답했다.

"이번만 봐줄게. 다음에는 얄짤없어."

"뭐가요."

"어차피 너희는 곧 다른 소속이 생기겠지만."

"네?"

그는 더는 별다른 말을 하지 않았다. 그저 우리를 바닷가로 데려가 다시는 오지 말라는 말뿐이었다. 이번에는 선생님들에게 연락하지 않을 테니 어서 너희 구역으로 돌아가라는 말도 덧붙였다. 경비대는 우리를 녹조 바다 앞까지 데려다주었다. 더 이상은 우리가 갈 수 없어. 그러니 너희가 알아서 가. 그러고는 우리를 물속에 뛰어들게 만들었다.

바닷가에는 이미 GP선생님들이 나와 있었다. 우리의 긴급 신호를 받은 서윤이와 햇님이가 바다에 뛰어들었기 때문이다. 그 애들까지 큰 깃발을 넘어가고 말았다. 우리는 모두 징계 처분을 받게 될 것이다. 나와 태인이는 보호 종료를 앞두고 있으므로 다른 처분이 있을 것이라는 말이 덧붙었다.

우리는 잘못한 게 없다. 아무것도 잘못한 게 없다.

마지막 상담을 받고, 마지막 적성 검사를 받으면, 일주일

동안 선택의 시간이 주어진다. 산 언니에게서는 메일이 오지 않았다. 그때, 그때가 처음이자 마지막이었다. 4월이었던 걸로 기억한다. 나는 이제 이곳을 떠나야 한다. 지하로 가는 것은 포기하기로 했다. 내가 그곳에 대해서 아는 것이 없기 때문이다.

동굴로 떠나는 것도 생각해 보았다. R7 오빠를 떠올렸다. 오빠를 마지막으로 만나 보고 싶었지만, 우리는 그마저도 할 수 없었다. 한 번밖에 보지 않은 오빠의 걸음걸이가 떠올랐다. 한쪽 다리를 절었는데, 그건 처음부터 그랬던 걸까 아니면 동굴에서 무슨 일이 있었기 때문일까. 물어보면 실례일 것 같아서 물어보지 못했는데, 처음부터 물어봐야 했는지도 모르겠다.

태인이는 바다로 떠나겠다고 했다. 물론 나와 메신저로 나눈 대화에서만 그랬다. 정말로 바다를 선택할지는 모르겠다. 태인이의 눈빛을 보았기 때문이다. 경비대에게 소리를 질렀을 때, 호송차에 태워졌을 때 그리고 바다에 뛰어들었을 때. 그때의 태인이 눈빛을 나는 기억한다. 알고 싶지 않지만, 읽어 버리고야 마는 것들이 있다. 햇님이가 나를 볼 때 그런 눈빛인 것 같기도 하다. 내가 산 언니를 볼 때 그러지 못했던 것과 반대로.

"남은 시간은 어떻게 보낼 거니?"

P선생님들과 돌아가며 하는 면담과 검사에 지쳐 있을 때, G선생님이 들어왔다. P선생님 한 명과 G선생님 그리고 10그룹의

G선생님이 과정을 지켜보고 있었다. 경비대에게 잡혀 취조당할 때보다 더한 압박감을 느꼈다.

"잘 모르겠어요. 수영은 계속할 수 있는 거죠?"

"내부 훈련?"

"네."

"그치, 소속 변경 전까지는 이용할 수 있어."

"네."

"밖에만 나가지 않으면 돼."

"선생님."

"응."

"그러니까…… 이다음은 어떻게 되는 거예요?"

"다음이라니? 시설을 떠난 뒤를 말하는 거니?"

다정한 말투였지만, 선생님의 표정은 경직되어 있었다.

"늘 궁금했어요. 마지막이니까 여쭤볼게요."

나는 지금을 어떻게 살아 내야 하는지가 궁금한 게 아니다. 이 이상한 요동을 불안이라고 부르고 싶지 않다. 여태까지 숨긴 것들을 따져 물으려는 것도 아니다. 왜 숨겼어요? 아니, 왜 가르쳐 주지 않았어요? 이유는 묻고 싶지만, 그보다는 앞으로가 문제다.

"보호 종료요."

"응."

"보호 종료 뒤에는 어떻게 해야 돼요?"

"응? 그걸 정하려고 이 면담을 하는 거잖니."

"그러니까 제가 바다로든 어디로든 가게 되면, 그걸로 끝이에요?"

"거기에선 거기의 생활이 있으니까."

"거긴 누가 관리해 줘요?"

"보호 종료니까 더는 누가 관리해 주고 그런 거 없어. 너희가 알아서 살아가야 해."

"그래도 탐험대는 팀으로 움직이잖아요."

"그치, 그 안에도 규율이나 규칙은 있겠지만, 모든 결정은 너희가 해야 한다. 아무도 막지 않을 거야."

그럼 여태까지는 선생님들이 우릴 막았다는 건가요?

물어볼까? 물어볼 수 없다. 하지만 마지막이잖아. 마지막인데, 묻지 않으면 나는 영원히 대답을 들을 수 없을 것이다.

"그럼 여태까지는 막았던 거예요? 우리를?"

"너희를 보호한 거지."

……보호가 아니라고 느꼈다면요? 차마 거기까지 묻지는 못했다.

다행이랄지, 적성 검사에서 위험군이라는 결과는 나오지

않았다. 그 지표 하나만으로도 G선생님은 마치 나를 '용서한다'
는 듯 바라보았고, 바다로 떠나는 것이 어떻겠냐고 제안했다.
떠난다……. 떠난다는 말이 마음에 걸린다. 바다보다 무서운 건,
'떠난다'는 사실이다.

어떻게 하면 이 상황을 다르게 볼 수 있을까. 없다. 그런 건
배운 적이 없기 때문이다. 나가서 겪어 보지 않으면 알 수 없는
것들이 있다. 그래서 마마 지구의 탈그룹 아이들이 필요했다. 겪
어 보지 않은 것들을 겪어 보니 어땠는지, 또는 겪어 보지 않고
도망친 걸 후회하진 않는지. 나는 어느 쪽도 싫어서가 아니다.
어느 쪽도 싫지 않을 것 같아서 물어보고 싶은 게 많았다.

싫지 않은 상태는 더 끔찍하다. 싫으면 선택 항목이 줄기라
도 한다.

서윤이는 수영 말고는 좋아하는 게 없다고 했다. 싫어하는
건 더위와 땡볕 그리고 어둠. 그래서 자신은 아무것도 보이지 않
는 바닷속이 싫지만, 누가 있다면 괜찮을 것 같다고 했다. 그리
고 이곳을 떠나면 맑은 바닷속도 볼 수 있을 테니까. '망망대해'
라는 단어를 이해하고 싶다고 했다. 어떤 생물을 만나도 괜찮을
것 같다고, 하지만 어둠과 땡볕은 싫다고 했다. 그러니까 서윤이
같은 경우는 바다로 떠나도 괜찮을 것이다. 물론 나와 태인이가
떠난 뒤, 서윤이가 열여덟이 된 뒤, 한 해 동안 어떤 일이 있느냐

에 따라 또 달라지겠지만 지금 당장은 그런 서윤이가 부럽다.

달리기에 집중할 수 있는 햇님이도 부럽다. 어린 나이인 햇님이가 부럽다. 무엇이든 해 볼 수 있고, 무엇이든 될 수 있다고 말해 줘야 한다. 절대 GP선생님들 이야기만 듣지 말라고 말해 줘야 한다. 산 언니는 그런 말을 하고 싶었던 듯하다. 언니는 말하지 않았지만, 행동으로 보여 줬다. 담배를 가르쳐 준 사람도 언니였고, 사과를 주워 온 사람도 언니였다. 언니는 직접 보여 줬다. 세상을, 세상을 살아가는 다른 방법을 말이다.

그래서 결국 나는.

나는, 바다를 택한다.

수영을 배웠으니까. 수영을 잘하니까. 사냥도 잘하고, 어두운 물속도 잘 헤쳐 나가니까. 마마 지구까지 갔다 온 나니까. 추운 곳도 뜨거운 곳도 다 참을 수 있을 만큼의 어른은 되었으니까. 일단 우리가 준비한 세계가 있는지 없는지, 거기엔 뭐가 있는지 알아야겠다. 내 눈으로 확인한 다음에 떠나도 늦지 않는다.

이제야 언니의 마음이 이해된다. 땅속에 정말 다른 땅이 있는지, 다른 세계가 있는지 언니는 직접 확인해야 했던 것이다. 그 문제는 나와 의논한다고 해서 알 수 있는 것도 아니고, 겉껍질에 남아서는 더더욱 알 수 없는 것이다.

탈그룹 아이들을 만났던 건 잘된 일이다. 나에게 남은 궁금증은 경비대 정도다. 경비대는 우리에 관해서 어떻게 알고 있고 선생님들은 그들을 보고도 왜 놀라지 않았는지, 우리 공동체 바깥에서는 우리가 어떤 존재로 인식되고 있는지, 얼마나 알려져 있는지가 궁금하다. 분명 그들은 알 것이다. 어른들은 알 것이다. 그러나 우리는 영원히 모를 것만 같다.

그래서 나는 바다로 간다. 바다로 간 뒤에는 나도 모르겠다. 일단 바다에서 생활을 시작한다. 맑은 물도 보고 흐린 물도 보고, 우리 공동체 지역처럼 오염된 구역도 보면서 나는 바다를 이해한다. 바다가 나를 이해하는 일처럼 나는 그렇게 떠나기로 한다.

태인이도 결국 바다를 선택하겠지. 우리가 같은 배에 오를지도 모른다. 다른 배에 오르게 된다면, 서로 다른 입구를 찾으러 떠나게 된다면, 그건 어쩔 수 없다. 어른이 된다는 건 그런 걸 받아들이는 거라고, 얼마 전 G선생님이 말했다. 그런 어쩔 수 없음은 어른이 되기 때문이 아니라 사람이기 때문에 받아들이며 살아가는 게 아닐까.

선생님은 평생을 겉껍질에서만 보냈을 텐데, 그런 감정들을 얼마나 알고 있을까. 바다의 위험성이나 다시는 못 볼 수도 있다는 슬픔이나 그런 감정들. 나는 그런 감정 하나하나가 너무 중요한데, 선생님들은 그것도 다 지나 보내야 한다고 말하는 것 같다. 자기들도 잘하고 있는 일인지 궁금하다.

"언니."

햇님이가 불렀다.

"응."

"언니 진짜 바다로 갈 거예요? 정한 거야?"

"응. 정했어. 바다로 가야지."

"바다로 가면 뭘 하게 되는데?"

"새로운 섬이 있는지, 새로운 입구가 있는지 찾겠지?"

"완전 탐험대 중의 탐험대네."

"그런 거야?"

"해적선에 올라타기 전의 비장함 같기도 하고."

"너 그런 건 어디서 봤어?"

"보육원에서! 책 본 적 있어요. 선원들끼리 막 싸우고, 보물
섬 찾으러 가는 이야기."

"푸하하하."

"왜 웃어!"

"그냥. 네가 생각하는 거 귀여워서."

"언니는 나를 엄청 아기라고 생각하나 봐."

"그치. 어느 정도는?"

"언니 없어도 나 잘 지내 볼게요."

"응."

"산 언니한테서는 아직 연락 없는 거죠?"

"응. 아무래도 어렵지 않을까. 이제는 좀 이해가 돼."

"뭐가요?"

"다시는 못 볼 수도 있다는 거. 받아들여야 한다는 거."

"하지만……."

"응. 끔찍하고, 슬프지."

"언니랑 나도 그렇게 되는 거지?"

"그럴지도 모르지. 언젠가 한배 안에서 만날 수 있을지도 모르고."

"내가 메신저를 해도, 메일을 보내도 못 볼 수도 있고."

"그것도 그렇지."

"……너무 잔인해."

맞다. 정말 그렇다. 정말 잔인하다.

"이별에 관해서는 한 번도 배운 적이 없단 말이에요."

"나도 배운 적 없어. 끝까지 안 가르쳐 줄 모양이야."

우리는 이별을 겪고 있다. 서서히도 아니고, 갑자기, 영원일지 모를 이별을 맞이했다.

산 언니에게 마지막 메일을 보내야 한다. 마지막일지 모를 메일을 보낸다.

에필로그

버니는 정말 특이한 친구였다. 내가 이해하기 어려울 정도로. 그런 만큼 내가 정말 좋아한 친구다. 나는 버니의 몇 번째 친구일까. 그래도 다섯 손가락 안에는 들겠지 싶다. 여기서 나는 태인이라 불리지 않는다. T9. "티나인"이라고 불린다. 태인이라는 이름의 T와 9그룹에서 가져온 숫자로 조합한 것이다.

여기에서 제일 친하게 지내는 사람은 비비 언니다. 산 언니와 나이가 같아서 금방 친해질 수 있었던 것 같다. 그렇지만 진짜 이유는 우리 또래 중 가장 말수가 적은 편이기 때문이다. 그리고 R7 오빠와도 그럭저럭 잘 지낸다. P1과 Z1은 버니와 나를 처음 만났을 때와 특별히 다를 것이 없다. P1은 여전히 분홍색 점퍼를 입고 돌아다닌다.

우리는 새로운 드럭으로 삼을 만한 장소를 찾았다. 정확히는 이들이 장소를 물색해 자리 잡고 있을 때 마침 내가 도망쳐

나온 것이다. 나는 보호 종료가 시작되는 일주일 사이에 이쪽으로 건너왔다. 이들을 찾을 때까지 갖은 고생을 해야 했지만, 충분히 그럴 만한 가치가 있었다. 나는 이곳에 오길 잘했다고 생각한다.

내가 온 뒤로도 아이들 몇 명이 여기를 찾아왔다. 탈그룹이라는 이름에 끌려서 온 듯한 애들이 대부분이었고, 그중에서도 대부분은 이미 사라졌다. 여기에 오고 나서야 안 사실인데, 우리 말고도 탈그룹이라 불리는 아이들이 곳곳에 있다고 한다. 탈그룹마다 분위기나 성향은 달랐다. 버니와 내가 우연히 이들을 먼저 만난 것은 행운이었다. 다른 그룹이었다면 적응하지 못했을 것이다. 어쩔 수 없이 시설 출신인 우리에게 가장 잘 맞는 멤버들이었다.

지나고 보니 모든 게 버니의 계획 같다. 물론 버니가 계획한 거라고 생각하지는 않는다. 그만큼 이 우연이 기가 막히고 다행이라는 생각이 든다는 것이다.

그래서 가끔 버니에게 메일을 보내지만, 버니는 답이 없다. 버니가 산 언니의 메일을 기다리던 게 이해가 됐다. 처음에는 불안해서였고, 지금은 그냥 궁금해서다. 너는 잘 지내? 나는 잘 지내. 너도 잘 지낸다는 소식을 듣고 싶다. 햇님이는 어떻게 지내는지 알아? 서로 연락은 잘되는 거야? 나하고만 연락이 안 되는 건 아니지? 거기 있는 거지?

묻고 싶은 것이 많아질수록 나는 여기에 더 적응했다. 이상했다. 이렇게까지 금방 적응할 수 있다는 것이 이상했고, 그것이 버니를 생각하는 것과 비슷하다는 게 이상했다.

누가 알았겠는가. 버니가 바다로, 내가 탈그룹으로 떠나리라고. 그리고 4그룹 애들이 지하를 선택했다는 것도 누가 알 수 있었겠는가.

나는 점점 버니를 닮아 간다. 시설에 있을 때 봐 왔던, 버니의 머릿속을 닮아 간다. 궁금한 게 많아서 나는 아직 어디로도 갈 수 없다. 어디에도 속할 수 없다. 나는 조용히 버니에게 압도되고 있었는지도 모른다. 언젠가 서윤이가 "버니 언니는 얼핏 보면 엄청 헐렁이 같은데, 실제로는 전혀 안 그래."라고 한 말이 떠오른다.

서윤이는 가끔 바닷속에서 만난다. 우리가 약속한 요일에 한 번씩 큰 깃발 지점에서 만난다. 너무 자주 만나면 안 될 것 같아서 2주에 한 번, 때로는 한 달에 한 번, 직접 만나서 다음에 만날 날을 약속한다. 때로는 서윤이가 시설 상황에 따라 나오지 못하기도 하지만, 기다리는 시간은 20분 이내로 정했다. 우리는 서로 20분만 기다리다가 나타나지 않으면 제자리로 돌아간다. 그편이 안전하다고 생각했다. 내가 서윤이를 지킬 의무 같은 건 없지만, 일종의 책임은 있다고 생각한다.

서윤이는 햇님이와 함께 9그룹을 잘 지키고 있다. 9그룹의 리더는 서윤이고, 새로 온 아이들은 전부 열여섯 살이라고 한다. 버니처럼 그룹을 정하지 못한 채로 1년을 보내고 수영 훈련에서 뽑힌 아이들. 덕분에 햇님이는 동갑 친구가 둘이나 생겼다.

서윤이는 아마도 동굴로 떠날 것이다. 벌써 그렇게 정하고 공부하고 있다고 했다.

"햇님이는 아직도 룸메이트랑 못 친해졌어."

서윤이가 큰 깃발을 넘어서서 헬멧을 벗자마자 한 말이었다. 걱정하는 말투와 불만스러운 말투가 섞여 있었다. 이쯤에선 헬멧을 벗어도 괜찮다고 알려 준 것도 버니였는데, 버니는 여기에 없다.

"햇님이는 본래 그런 애니까. 괜찮을걸."

"진짜 괜찮을까? 워낙 티를 안 내는 애잖아."

"티가 안 나서 그렇지, 생각보다 괜찮을 거야. 걘 시간이 필요할 뿐이야."

"그럼 다행인데."

"너 되게 어른스러워졌다? 맨날 우리 뒤만 쫓아다니면서 잔소리나 하더니."

"아 씨, 그럼! 이제 내가 그룹 리던데!"

"그럼 됐어. 걱정해 주는 사람 한두 명쯤 있으면 충분해."

선생님들이 해 주지 않는 것들을 우리가 서로에게 해 주며 살아왔다. 의도한 것도 배운 것도 아니지만, 그렇게 살아남았다. 우리는 살아남은 것이라고 말해 주고 싶다. 하지만 역시 서윤이에게 그런 말은 낯간지럽다.

햇님이는 버니랑 친해지는 데에도 시간이 걸렸으니까 괜찮지 않을까. 햇님이는 괜찮을 것이다. 바다 한가운데서 서로의 안부를 전해 듣는 일이 이렇게 재밌을 줄은 몰랐는데, 이 또한 버니가 아니었다면 상상도 못 했을 일이다.

버니는 우리에게 많은 자유를 허락해 주고 떠났다.

"버니 언니는?"

"아직."

"나도 연락 안 돼."

"거기선 연락하기 어렵지 않을까."

"바다 한가운데에 있을까?"

"그렇겠지. 여기보다 더 넓은 바다 한가운데에."

"괜찮을까?"

"너 여기저기 걱정 많이 한다? 네 걱정이나 해."

"난 잘하고 있어. 언니야말로 괜찮아?"

"응. 난 편해."

우리는 2주 뒤 목요일, 이 시간에 만나기로 했다. 내가 쉬는 날이고, 서윤이는 개인 훈련이 있는 날이다. 우리가 떠난 뒤 서윤이는 바다에서도 혼자 훈련하는 날이 필요하다고 이야기했단다. 선생님들의 강한 반대에 대비해, 파트너가 물 밖에서 기다려 주는 방식으로 2인 파트너 시스템을 도입하자는 얘기도 했단다. 새로 온 아이들을 위해서 파트너는 그때그때 바뀐다고 한다.

서윤이는 우리가 생각한 것보다 더 똑똑했고, 빠르게 어른이 되고 있다. 이렇게 어른이 되는 사람도 있구나. 신기하다.

나는 드럭에서 생활한 뒤로 물에서 일하지 않는다. R7 오빠가 수영 강사가 벌이도 괜찮고 물에서 일하니까 편하지 않겠냐며 자리를 알아봐 준다고 했지만 거절했다. 나는 이제 물에서 일하고 싶지 않다. 그래서 '카페'라는 곳에서 일하고, 그런대로 잘 적응하고 있다. 일에는 금방 적응할 수 있는데, 우리와 다른 사람들에게 적응하기가 어렵다. 특히 가족이나 출신지를 물을 때는 어떻게 대답해야 할지 모르겠다.

물론 탈그룹 아이들이 알려 준 대로 사실을 말하지는 않는다. 공동체 출신이고, 시설에서 탈출해 탈그룹 생활을 하고 있다고 말하지 않는다. 그 사실이 알려지면 적이 늘어날 뿐이라고 비비 언니가 말해 줬다.

비비 언니는 그동안 모은 돈으로 학원에 다니고 있다. 무슨 세공업을 배운다고 했는데, 더 자세한 내용은 말해 주지 않았다. 나도 묻지 않았다. 대신 언니의 손끝이 점점 더 까매지는 것을 보며 매일의 안부를 묻는다. 오늘은 괜찮았어? 다친 데는 없고?

우리가 서로를 걱정하는 방식은 말에 있다.

버니와 산 언니는 괜찮을까? 그들이 시설을 기억하는 방식이 궁금하다. 너무 끔찍했다고만 기억하지 않길 바랄 뿐이다. 나와 함께한 시간들을 추억해 주기를 그리고 쫓겨난 것만은 아니라고 기억해 주기를 바란다. 우리가 거기에 함께 있었다. 그리고 버니는 스스로 존재했다는 것을 이제는 알아주었으면 좋겠다.

- -

제목: 아직 이 메일을 읽을 수 있는지 모르겠다

태인아, 잘 지내? 네가 몹시 보고 싶어서 인터넷이 되는 곳에 가면 맨 먼저 너한테 메일을 보내야겠다고 생각했어. 산 언니한테도 아직 메일 안 썼다? 그러니까 완전 기뻐해라!

나는 생각보다 바다 생활이 잘 맞는 것 같기도 해.
지금은 무척 뜨거운 곳을 지나고 있는데, 꼭 어디에 지구 속으로 이어지는 입구가 있을 것 같은! 그런 곳이야. 우리가 배운 게 틀리진 않았다고 증명하고 싶기도 하고. 바다 생활은 말이야…… 괜히 오기가 생기는 생활 같아.

나 햇님이한테 온 메일 봤어.
햇님이가 그동안 이런저런 이야기를 메일로 보내 놨더라고.
생각해 보니 내가 산 언니한테 그랬었는데. 언니에게서 답장이 없어도 꾸준히 메일을 보냈었어. 언니가 너무 보고 싶다고. 그런데 햇님이가 그랬더라고. 그래서 알았다. 네가 떠났다는 거.

이 메일 주소에 접근할 수 있는지 모르겠는데, 달리 연락할 수 있는 방법이 없으니까. 혹시 몰라서 햇님이한테도 이 메일을 보내 둘게. 서윤이 통해서 보든지 하는 방법이 있겠다! 아, 나 너무 똑똑한 듯!

나는 네가 나에게 잘해 줬던 모든 것이 정말 고마워. 여기 나와서 살아 보니까 말이야. 뭐든지 혼자 해야 된다는 게 뭔지 알겠어. 혼자 있는 시간은 더 없고, 대부분의 일은 힘을 합쳐서 해내야 하는데, 무엇을 감당하는 건 전부 혼자 해야 해. 혼자 감당한다는 게 너무 버거울 때가 있어. 우리처럼 속 터놓고 얘기할 사이도 딱히 없는 듯하고 말이야. 앞으로도 없을 것 같아서 걱정이다. 망망대해 위에 혼자 있는 기분을 느끼고 싶지는 않아.

그래서 네가 나에게 쏟아 주었던 많은 배려와 관심이…… 아니다. 네가 보여 줬던 우정이 너무 고마워. 정말 고마웠다고 늦게라도 인사하고 싶었어. 서윤이에게도 햇님이에게도 그리고 산 언니에게도 꼭 말해 주고 싶다.

너무 보고 싶다, 태인아.
너의 새로운 생활을 응원할게. 넌 언제나 1등으로 잘 해냈으니까 잘 찾아갈 거야.
거기서든 어디서든.

너의 친구, 버니가

- -

제목: 나의 따뜻한 룸메이트, 햇님

햇님아, 그동안 네가 보낸 메일을 모두 읽었어. 잘 지내고 있구나!

나는 여전히 산 언니한테 메일을 보내. 네가 나에게 메일을 보내듯이 말이야. 사실 산 언니는 아직까지 답장이 없어. 하지만 언니가 어디서 다른 선택을 해서 새로운 인생을 살고 있는 거겠지 짐작하고 있어. 적어도 나쁜 일이 있었을 거라고 생각하지는 않으려고.

처음 네가 내 방에 들어왔을 때를 기억해. 너는 어린애치고 어두운 구석이 있다고 생각했어. 그리고 뭐든 척척 해내는 게 신기해서 자꾸 관찰하게 됐지. 영원히 친해지지 못할 것 같다고 생각한 적도 있었어. 그러니까 네가 새로운 룸메이트랑 금방 친해지지 못해도 괜찮다고 생각해. 어차피 같은 그룹 친구들끼리 앞으로 몇 년을 더 같이 보낼 테니까, 시간은 충분해. 뭐든 억지로 하려고 하지 마. 그러면 마음을 다치는 것 같아.

나는 시추선에 있어. 시추선이 뭔지 알아? 바다 바닥에 구멍을 뚫어서 석유가 있는지 탐사하는 특수 선박이야. 우리 말고도 여러 선박이 전 세계의 바다를 돌고 있는데 그 선박에 쓸 석유를 우리가 구하는 거야.

마마 지구에서 대여한 이 시추선은 아주 오래돼서 잔고장이 많아. 그래서 내가 있는 곳에는 기술자 친구들이 더 많아. 우리는 심해 시추용 선박에서 생활하고, 시추하면서 주변 지반까지 확인해. 심해 지반을 확인하는 수색대에 속해 있어. 심해 바닥의 석유를 추적하면서 우리가 들어갈 수 있는 새로운 지구의 입구가 있지 않나 찾는 거지. 나는 지금 이곳에서 하고 있는 일이 무척 마음에 들어. 내 폐는 나날이 거대해지는 것 같고 말이야.

햇님아, 네가 지금 어떤 꿈을 꾸고 있는지 궁금해. 내가 두고 간 만화책이나 보루 담배나 산 언니 옷은 그대로 있니? 너는 요즘 뭘 좋아해? 거기선 뭐가 유행이야? 사과는 여전히 보기 힘들지? 그래도 내가 준 사과잼 레시피는 계속 갖고 있어. 언젠가 사과를 쉽게 구할 수 있을지도 모르잖아.

햇님아, 네가 얼마나 소중한 존재인지를 잊지 않았으면 좋겠어. 서윤이도 네가 있어서 리더 역할을 잘 해내고 있을 거야. 새로 온 친구들은 동갑내기인 네가 있어서 마음이 놓일 거고. 나는 네가 있어서 가장 따뜻한 곳을 잊지 않고 있어. 산 언니와 내가 있던 곳, 태인이 서윤이나 그리고 네가 있던 곳. 나와 네가 자랐던 곳. 그곳에서 네가 얼마나 멋진 어른이 될지 기대하며 기다리고 있을게.

날마다 가장 깊은 곳을 찾아 떠나는 잠수부, 버니가

나는 내 답을 바다에서 찾을 거야.
제일 중요한 건 언제나 다음이 있다는 사실이야.

네가 얼마나 멋진 어른이 될지 기대하며 기다리고 있을게.

첫 번째 리뷰

우리는 함께 있었고, 스스로 존재했으므로

– 한소범(기자, 작가)

스무 살, 갑자기 어른이 될 수 없는 나이

그 시절을 떠올리면 여전히 많은 것들이 의아하게 느껴진다. 이전 날들과 다름없이 해가 지고 다시 해가 뜨는 일이 하루 더 반복됐을 뿐인데, 별안간 해야 하는 것들과 할 수 있는 것들이 무한한 사람이 됐다. 열아홉 살에서 스무 살로 넘어가며 모든 것이 한순간에 바뀌었다. 교복만 입고 급식만 먹다가, 갑자기 매일 입는 옷과 매끼 식사를 스스로 해결해야 했다. 대학이라는 목표를 향해 주어진 공부만 하면 됐는데 갑자기 무엇을 공부할 것이고 무슨 일을 할 것인지 결정을 내려야 했다. 사는 곳, 만날 사람들, 주변 환경까지.

인생의 행로가 내 순간순간의 선택에 따라 정해지는 그 자유가 짜릿하기보다는 아득하게 느껴졌다. 익숙한 것이 하나도 없는 낯선 도시에서 앞으로 내가 무엇을 해야 하는지, 무엇을 할 수 있는지, 심지어는 무엇을 원하는지도 정확히 알지 못해서, 서울에 있는 대학에 합격해 상경하는 버스의 맨 앞자리에 앉아 나는 가벼운 멀미를 느꼈다.

"열아홉이든 스물이든 나이 한 살 더 먹는다고 갑자기 어른이 되는 것도 아닌데"(본문 137쪽) 시설 밖으로 나가야 하는 버니와 그때의 나는 사는 세계도 처한 상황도 다르다. 그러나 갑자기 어른이 되어야만 한다는 점에서 버니는 모든 열아홉 살들과 같은 시간을 통과한다. "잘못한 것도 없이 벌을 서는 기분이고, 해결하지 못할 문제 앞에 서 있는 기분"이지만, 정작 "어디에 대고 따져 물어야 하는지도"(138쪽) 모르겠는 심정을, 나를 비롯해 그 시절을 통과해 온 사람이라면 모두 알 것이기 때문이다.

버니는 지구 공동설을 믿는 공동체에서 자란 열여덟 살이다. 시설에 오기 전에는 보육원에서 지냈고, 성인이 되면 지구 공동설을 확인하기 위해 보호 시설을 떠나 지하 탐험대나 바다 탐험대, 동굴 탐험대로 배치받아 떠나야 한다. 버니와 친구들은 훗날 탐험대에 배치되어 저마다의 역할을 해내기 위해 훈련을 받고 노동을 한다. 지구 어딘가에 구멍이 있고 그 안에 또 다른 지구가 존재할 것이라 믿는 지구 공동설은 버니가 속한 공동체를 지탱하는 근거다. 실체가 무엇이든지 간에, 그 믿음이 버니와 친구들의 미래를 결정한다.

지금 여기가 아닌 또 다른 곳에 더 나은 세상이 있을 것이라고 믿는 것 그리고 그 믿음을 위해 현재를 희생하는 것. 버니의 상황은 그 시절의 나를 비롯해 여전히 대한민국의 많은 청소년들이 살아가는 현실과 크게 다르지 않다. 대학만 가면 다 나아질 거야, 그러니 쳇바퀴 돌듯 굴러가는 지금의 입시 지옥은 눈 딱 감고 일단 견디면 돼. 어른들은 미래를 담보로 우리의 오늘을 희생하라고 말한다. 어른들이 말하는 '그곳'이 과연 내가 원하는 미래일까? 이런 질문은 불필요한 것으로 여겨진다.

하지만 버니는 어른들이 정해 둔 미래를 당연하게 자신의 정답으로 삼지 않는다. 대신 어른들은 "한참 뒤에나 올 겨울을 대비하는 방법은 알려 주면서, 왜 여름의 빛나는 물속은 보여 주지 않는"(112쪽) 건지 묻는다. 그 질문은 자연히 버니를 금기 너머의 세계로 이끈다. 그렇게 버니는 수중 훈련 중 어른들이 넘지 말라고 정해 둔 선을 넘어 상상으로만 가 보았던 마마 지구까지 "더 깊이, 더 멀리"(48쪽) 헤엄쳐 간다. 그리고 그곳에서 자신과는 전혀 다른 삶을 살고 있는 탈그룹 아이들을 만난다. 탈그룹에는 저마다 출신은 다르지만 소속된 곳에서 탈출하거나 뛰쳐나온 아이들이 모여 지내고 있다.

탈그룹 아이들과의 만남을 통해 버니는 어른들이 알려 준 삶 말고도 다른 삶의 형태가 얼마든지 가능하다는 것을 알게 된다. 물론 금기를 깨고 또 다른 삶의 진실을 보는 것이 단순히 새로운 희망만 가져다주는 것은 아닐 것이다. "다른 세상이 있다는"(73쪽) 사실은 다시 말해 내가 지금까지 전부라고 믿어 온 세계가 산산조각 난다는 의미이기도 하기 때문이다.

내가 발 딛고 선 세계를 부정하는 일은 혼란스러울 수밖에 없다. "우리가 얼마나 자유롭고, 얼마나 자유롭지 않은지에 관해서"(112쪽) 솔직하게 얘기해 준 어른이 아무도 없었다는 것에 대한 배신감도 뒤따른다. 게다가 마마 지구에서의 삶이 상상했던 것처럼 아름답지만은 않고, 오히려 시설에서의 생활이 더 깨끗하고 안전해 보이기도 한다.

자유에는 당연히 책임이 따르고, 그 책임을 감당하는 것이 때로 버거워 보이기도 한다. 하지만 어디로든 갈 수 있는 자유가 있는 사람은 그 자유로 말미암아 스스로 빛난다는 것을, 버니는 탈그룹 아이들을 보며 깨닫는다.

버니와 같은 타임라인에 놓인 또 다른 버니들에게

마마 지구에 다녀오고 탈그룹 아이들과도 만났지만, 버니가 결국 택하는 것은 마마 지구나 탈그룹이 아닌 바다다. 하지만 아무것도 모르는 채로 떠밀리듯 바다를 택하는 것과 다른 세계의 가능성을 알고 난 뒤에도 바다를 택하는 것은 전혀 다른 의미를 갖는다. 내가 궁금한 것이 정확히 무엇인지 알고 난 뒤에 내리는 선택이기 때문이다. 그렇기에 버니는 "마마 지구까지 갔다 온 나니까 (…) 일단 우리가 준비한 세계가 있는지 없는지, 거기엔 뭐가 있는지 알아야겠다. 내 눈으로 확인한 다음에 떠나도 늦지 않는다"(162쪽)고 말할 수 있는 것이다.

다시 14년 전으로 시계를 돌려 돌이켜 보면, 그때의 나는 버니만큼 용감하진 못했다. 어렴풋하게 내가 원하는 것을 알 것도 같았지만, 일단은 좋은 대학에 가야 한다는 어른들의 말을 믿었다. 그래서 스무 살 이후에 많은 좌충우돌을 겪어야 했다. 어설픈 도전과 작은 실패들이 있었다. 그래도 대학생이라는 유예 기간이 안전망 역할을 해 줬다. 넘어지고 깨져도 언제든 탈탈 털고 일어날 수 있도록 뒷배가 되어 주는 부모의 그늘이 있었다.

그러나 "나는 아직 오롯이 홀로 선다는 게 뭔지 모른다. 그런 채로 보호 종료를 맞이해야 한다"(138쪽)고 말한 버니처럼,

현실에서는 그런 유예 기간을 충분히 갖지 못한 채 어른이 되어야만 하는 청소년들도 많다.

현실의 '보호 종료'는 더욱 가혹하다. 버니처럼 보호자가 없거나 보호자의 양육을 받을 형편이 되는 아동들은 아동보호시설에서 생활하다 만 18세가 되면 시설을 퇴소해 자립해야만 한다. 매년 2,000명 이상의 보호 종료 아동이 그렇게 세상으로 나온다. 정부가 보호 종료 나이를 본인 의사에 따라 만 24세까지 연장할 수 있도록 하고, 매월 지급하는 자립 수당을 인상하는 등의 방안을 마련하고는 있지만 여전히 바깥세상은 어떤 청년들에게는 더 매서울 것이다.

이제는 버니의 시간도, 산 언니의 시간도 다 지나온 내가 또 다른 버니 그리고 햇님이에게 한 가지 약속할 수 있는 것은 이 모든 일을 결코 혼자만 겪을 필요가 없다는 사실이다. 버니가 겪게 될 일들은 버니와 같은 타임라인에 놓인 친구들도 그리고 버니에 앞서 살아간 산 언니도 겪은 일이라는 것이다.

물론 그렇다고 해서 내 경험에 미뤄 버니에게 어떤 길을 선택하면 된다고 구체적인 지침을 줄 수는 없다. 그 누구도 내가 살게 될 미래를 대신 살아 줄 수 없고, 결국 내 미래에 대한 답은 스스로 묻고 답을 찾아가는 과정에서만 발견될 수 있을 뿐이니까. 버니가 보낸 무수한 질문의 메일에 산 언니가 답장할 수 없었던 것도 바로 그 때문일 것이다.

그러나 산 언니에게 답장 없는 메일을 보내는 그 과정을 통해 버니는 자신만의 답을 찾아냈다. 어쩌면 산 언니의 답신보다도 더 중요했던 것은 버니의 발신 그 자체였을 테고, 그러니 메일은 결국 버니가 자기 자신에게 보내는 메일이기도 한 셈이다.

버니가 그랬던 것처럼 세상의 모든 버니들 역시 마침내는 자신만의 길을 찾게 되리라고 믿어 의심치 않는다. 대학에 가든 가지 않든, 좋아하는 일을 발견했건 아직 그러지 못했건 상관없이, 스스로 묻고, 질문하고, 탐색하고, 마침내 돌파하는 무수한 과정들을 통해서 "우리가 거기에 함께 있었"고 "스스로 존재했다는 것을"(173쪽) 증명할 수 있게 되리라는 것을. 물론 그 과정에서 실패와 좌절을 경험할지 모른다. 혼란스럽고 두려울 것이다. 그렇지만 "제일 중요한 건 언제나 다음이 있다는 사실"(147쪽)이니까, 언제든 다시 도전하고 재탐색하는 용기를 꼭 가졌으면 좋겠다.

그리고 답장을 하진 못할지라도, 네가 어디에서 누구와 무엇을 하며 지내고 있든, 씩씩하게 그 시간을 통과하길 바라고 기도하는 마음만은 늘 그곳에 있다고 말해 주고 싶다. 이 미래에서 "네가 얼마나 멋진 어른이 될지 기대하며"(177쪽) 기다리고 있겠다고.

작가의 말

∧ 보내는 사람: 요나 (frejabeha@daum.net)

받는 사람: 너 (itsyou@jumpingbooks.com)

제목: 잘 지내? 나 요나야! 언제든 읽어도 돼

넓디넓은 바다로 떠나는 아이들의 이야기를 쓰고 싶었어. 하지만 바다가 아픈 세상에서 아이들이 볼 수 있는 바다는 어떤 모습일까. 그런 바다를 보며 자라는 아이들의 마음은 어떤 것일까 생각해 봤어.

심각하게 오염된 바다를 보며 자란 아이들은 '생존'을 생각하지 않을까? 푸른 바다와 아름다운 추억보다는 말이야. 아름답고 즐거운 추억을 만들 수 없을까? 슬프더라.

나는 차갑고, 파란, 짜고 비린 냄새가 실린 거센 바람이 부는 바다를 참 좋아해. 나는 이미 어른이 되어 버렸는데, 너희를 위해 내가 할 수 있는 최소한의 노력은 뭐가 있을까. 이야기를 써 보자고 생각했어. 그러던 중에 '지구 공동설'이라는 세계관을 알게 됐어.

지구 공동설(地球空洞說)은 지구 속이 비어 있다는 상상에서 출발해. 속이 빈 지구 속에 우리가 살아가고 있는 지구 표면의 세상과 유사한, 생물들이 살아가는 세계가 있다는 이야기야. 지구공동설을 주장하는 사람들 중에는 극지방에 지구 내부로 통하는 길이 있다고 생각하는 사람도 있고, 이곳을 직접 탐험했다는 여행자도 있어. 지상 세계와는 비교도 할 수 없을 정도로 고도로 발달한 과학 기술이 있다는 설도 있더라고. 그 세계는 외계인과 교류도 하고 있을 거라더라!

환경오염으로 지구를 밟고 바다를 향해 나아가는 생활이 어려워졌을 때, 그런 이상향을 찾아 떠나는 사람들이 생기지 않을까? 단순한 상상이 아니라 어떤 확신이 마음에 뿌리내렸지. 사람들은 계속해서 살아남을 것이고, 새로운 세계를 만날 것이라는 이상한 믿음. 그래서 지구 내부로 통하는 길을 찾기 위해 성인이 되면 바다·지하·동굴로 떠나는 공동체에서 교육을 받는 아이들이 겪는 '성장'과 '우정'의 이야기를 쓰게 된 거야.

넌 어때?
너무 아프거나 불안하진 않니?
건강하고 즐거운 생활을 하고 있다면, 꿈도 꾸고 있으면 좋겠다! '바다바다'한 이 소설 속 친구들이 같은 교실에 있는 친구라고 상상해봐. 너와 전혀 다른 선택을 하는 친구들을 이해할 수 있을 거야. 너와 닮은 친구를 만났을지도 모르지. 하지만 나에게 제일 중요한 건 이 글을 읽고 있을 '너'야. 네가 가진 가능성과 아름다운 세계를 만들어 갈 우리를 믿고, 기대했으면 해.

네가 대학을 가거나 가지 않거나 어떤 전공을 하거나 전공과 관련 없는 일을 하거나 하는 것들은 인생 전체를 놓고 봤을 때 정말 중요한 게 아니라고 꼭 말해 주고 싶어. 하지만 목표가 있고, 되고 싶은 게 있다면 대학에 진학하는 것도 중요한 선택이야. 난 어떤 선택이든 틀린 건 없고, 언제든 고칠 수 있다고 생각해. 어떤 선택은 단번에 맞춘 정답이기도 하니까 의심하지 않아도 되고! 원래 사람은 틀리기도 하고 맞기도 하거든.

제일 중요한 건 네 마음이야. 네 마음이 뭔지 모르겠으면 지금 네가 편안한지, 행복한지, 미래를 향해 가고 있는지 잘 생각해 봐.

성격, 관심사, 가능성, 가족, 친구, 우정, 사랑, 돈, 성적, 주변 환경……. 그 어떤 것도 중요하지 않은 게 없어. 모두 너를 구성하고 있는 것들이거든. 네 길을 만들어 갈 조건들이고. 그러니 네 마음의 소리를, 욕망을, 열정을 잘 알아주는 게 중요하지. 나는 버니도 태인이도 정말 좋은 선택을 했다고 생각해. 둘 다 '자기다운' 선택을 했거든!

나도 그랬냐고? 응! 몇 번의 실패가 있었지만 모두 '그땐 그런 선택을 할 만했지.' 하고 인정해. 그리고 지금은 정말로 내가 원하는 일, 내가 가치 있게 생각하는 일을 하고 있어. 너를 만나기 위해 글을 쓰는 일. 그게 지금 내가 가장 원하는 일이야.

몇 가지 재밌는 사실을 알려 줄게.

버니와 햇님이는 나를 닮았어. 아! 하지만 나는 그 애들과 다르게 수영을 못 해! 웃기지? 산 언니의 독특한 이름은 친구 '이종산'에게 허락을 받아 쓰게 된 이름이야! 나는 버니와 태인이와 서윤이와 햇님이가 앞으로 정말 멋진 어른이 될 거라고 믿어. 이 글을 읽고 있는 너는 얼마나 멋진 사람이 될까? 두근거린다!

너에게 이 아름다운 별 지구의 미래를 맡길게. 난 네 뒤에서 든든한

응원군이 될 거야.

2023년 가을,

너를 무조건적으로 응원하는 요나가

버니와 9그룹 바다 탐험대

1판 1쇄 발행 2023년 10월 25일

지은이   한요나

편집   이혜재
디자인   MALLYBOOK
제작   세걸음

펴낸이   이혜재
펴낸곳   책폴
출판등록 제2021-000034호(2021년 3월 15일)
전화   031-947-9390
팩스   0303-3447-9390
전자우편 jumping_books@naver.com

© 한요나, 2023

ISBN 979-11-93162-06-4 43810

너와 나, 작고 큰 꿈을 안고 책으로 폴짝 빠져드는 순간
책폴

블로그   blog.naver.com/jumping_books
인스타그램 @jumping_books